Ika von Stolp
Ming Jugendzick
1941 - 1961

AF235554

IKA VON STOLP

MING JUGENDZICK IN
ZÜNDORF UND KÖLN
1941 - 1961

Bibliografische Information der Deutschen Nationalbibliothek:
Die Deutsche Nationalbibliothek verzeichnet diese Publikation
in der Deutschen Nationalbibliografie; detaillierte bibliografische Daten sind im Internet über dnb.dnb.de abrufbar.

Vorwort

DIE FAMILIE (DE FAMILLISCH)

Ich wurde am 09.05.1941 in Zündorf als Margarete Anna Baedorf geboren. Ich bin hier aufgewachsen und groß geworden, wohne immer noch hier, und so unser Herrgott will, werde ich auch hier beerdigt werden.

Mein Großvater, Peter Josef Baedorf, wohnte *In der Hött* (jetzt Kirchstr. 12) direkt am Marktplatz. Später baute er ein Haus auf der Hauptstraße. Dort gegenüber lag unser Garten mit der Bezeichnung *In der Wüstenei*. Diese Adresse steht genauso immer noch im Grundbuch.

Im jetzigen *Restaurant Landhaus* am Markt wohnte mein Patenonkel Peter und Tante Lina. Dort wo jetzt die Theke ist, war die Küche, wo es für mich im Winter heißen Kakao zum Aufwärmen gab.

Mein Onkel Paul, der andere Bruder meines Vaters, hat sich im Alter mit der Ahnenforschung beschäftigt. Ausgerechnet der, der Zündorf schon früh verlassen hat und zur See gefahren ist!

Er hat einen Stammbaum der Familie Baedorf erstellt, der sich bis ins Jahr 1761 nachweisen lässt. Unsere Familie ist also in Zündorf seit Langem ansässig und weit und breit bekannt.

Der von Onkel Paul aufgestellte Stammbaum der Familie beginnt mit der Aufzeichnung bei meinem Vater Johann Baedorf, geboren 02.10.1901, zu Zündorf, und endet mit dem Geburtsdatum des Burghart Baedorf, geb. 1761.

Der Zündorfer Dialekt ist nach Gehör geschrieben und von Margarete gegengelesen und abgenickt.

Für Sabine und Marie-Sophie

Klein- Majretsche mit der Tomate aus dem eigenem Garten. 1942

I

II

1

WAS ICH NOCH WEISS

Die Schweine

Die Leute hier im Dorf waren fast alle Selbstversorger. Alle, die Häuser hatten, versorgten sich auf jeden Fall selbst. Die hatten einen Garten und die hatten Hühner und einen Stall, wo eventuell auch ein Schwein drin war oder eine Ziege. Da hatte man auch noch selbst geschlachtet – also schwarz. Und wir dann auch. Deshalb musste ich ja dann immer zur Oma nach Eil, bis die ganze Sache vorbei war. Ich hatte nämlich in der Nachbarschaft was von einem geschlachteten Schwein herumerzählt.

Na, jedenfalls ist zu der Zeit mal eine Bombe in einen Stall eingeschlagen. Und da sind die Schweine über die Hauptstraße gerannt und haben geschrien wie verrückt. Da kann ich mich noch gut dran erinnern. Wie die Schweine mit lautem Geschrei und Gequieke über die Hauptstraße gelaufen sind. Was da draus geworden ist, oder wer die wieder eingefangen hat, weiß ich nicht mehr. Aber das Schweinegeschrei hab ich als Kind in Erinnerung behalten.

Isch meen, isch hür noch hück dat Jequietsche von der Ferke op de Stroß! (Ich meine, noch heute das Gequieke der Schweine auf der Straße zu hören!)

Hochamt mit SS

Mein Vater und ich gingen sonntags ins Hochamt, aber meine Mutter ging immer schon früh morgens um sieben in die Frühmesse. Danach hat sie mich dann für die Kirche fein gemacht. *Son Pattefujl* (große Schleife) im Haar, so ein Riesenpropeller, und dann beim Vater an der Hand ab in die Kirche. Ich war zu der Zeit noch nicht in der Schule und ging daher auch noch nicht in die Kindermesse.

Mein Vater war ein großer, schlanker Mann und ich lief stolz an seiner Hand mit. Gegenüber der Kirche, auf der anderen Seite der Straße, standen sonntags regelmäßig Leute von der SS. Die SS-ler hatten alle ein Notizbuch in der Hand und schrieben jeden auf, der die Kirche besuchte. Aber mein Vater ging selbstbewusst an denen vorbei. Natürlich haben sie ihn auch aufgeschrieben, aber mein Vater hatte damit nichts zu tun. Der war nicht nur religiös sondern auch tief gläubig. Ich glaube, daher war es ihm egal, ob er von der SS aufgeschrieben wurde oder nicht.

Später, nach dem Krieg, war es dem ein oder anderen dann doch peinlich, ihn damals aufgeschrieben zu haben. Mein Vater kannte sie doch alle, die Nazis! Alles unsere Nachbarn!
Die haben im Dorf alles ausgespäht. Die haben gehorcht, wer einen Feindsender hörte und nachgesehen, wo geschlachtet wurde. Und das haben die dann alles gemeldet – wie die Stasi.
Deswegen war ja auch bei uns manchmal alles verriegelt und verrammelt und ich in Eil bei der Oma einquartiert, damit ich ja nix ausplaudern konnte.

Das goldene Eimerchen

Eines Sonntags wurde die Kirche nicht wie üblich in St. Mariä Geburt gehalten. Aus irgendeinem Grund fand die Sonntagsmesse an diesem Tag in Sankt Michael, der kleinen Kirche auf dem Friedhof, statt. Als mein Vater und ich dort ankamen,

13

war die Kirche bereits brechend voll, da sie viel kleiner ist als unsere Pfarrkirche. Wir bekamen also auch keinen Sitzplatz mehr und quetschten uns hinten an die Wand neben die Tür. Dort, rechts an der Wand, war ein Haken und an diesem Haken hing ein goldenes Eimerchen. Normalerweise sind ja die Weihwasserbecken in der Wand fest eingemauert. Aber damals, in der St. Michaels Kirche, hing stattdessen das goldene Eimerchen an einem Haken. – Ein goldenes Eimerchen! Faszinierend! Genau dort mussten wir während der ganzen Messe stehen bleiben. Ich war ja klein und stand hinter all den Großen im Gedränge und langweilte mich. Als Fünfjährige wird es einem in der Kirche ja schnell langweilig! Daher habe ich mich mit dem goldenen Eimerchen beschäftigt. Hab erstmal reingefühlt – mich konnte ja keiner sehen – wieviel Wasser drin war und merkte, dass da sehr viel Wasser drin war. Ich konnte die Hand ganz reintauchen. Dann habe ich das goldene Eimerchen hin und hergeschaukelt. Die Erwachsenen, die vor mir standen, haben das gar nicht bemerkt und auch nicht drauf geachtet. Na, jedenfalls, ich immer weiter geschwenkt und geschlenkert und irgendwann war es dann passiert! Platsch!

Ich hatte es wirklich fertiggebracht, den ganzen Eimer am Haken zu kippen. Und dann schwappte das ganze Weihwasser auf die Erde. Und die, die vor mir standen, wurden alle nassgespritzt. Die haben sich nach mir umgedreht und waren empört. Wer das war, kann ich nicht mehr sagen, aber die standen alle im Nassen und machten ein böses Gesicht. Mein Vater, zwei Reihen vor mir, war aber so im Gebet versunken – der war ja sehr religiös – dass er nichts von alldem mitbekommen hatte. Zum Glück!

Na, irgendwann sind wir dann endlich aus der Kirche rausgekommen. Ich habe meinem Vater natürlich kein Wort gesagt, aber die, die nass gespritzt worden waren, die wussten schon, wem sie das zu verdanken hatten. Trotzdem hat mich, meines Wissens, keiner von den Nassgespritzten verpetzt, denn da kam väterlicherseits nichts mehr nach.

Ich wusste aber damals schon, dass es sich im Eimerchen um Weihwasser gehandelt hatte. Umso größer war deshalb ja auch mein schlechtes Gewissen! In den nächsten zwei Wochen war ich das bravste Kind der Welt – sehr zur Verwunderung meiner Eltern!

Der Kirschkuchen

Und dann ist mir noch im Gedächtnis einge-
brannt:
Da waren wir in der Küche beim Kaffeetrinken.
Wir haben am Tisch gesessen und gegessen. Meine Mutter hatte einen Kuchen gebacken mit einem
Tortenboden mit Kirschen drauf, also mit dunklen
Kirschen, eingemachte Sauerkirschen. Wir hatten
ja im Garten viele große Bäume und auch Bäume
mit Sauerkirschen.
Naja, jedenfalls stand dieser Kirschkuchen auf so
einer Etagere auf dem Tisch und die Sahne war
auch dabei. Wir waren gerade beim Essen, da flogen Bomber über uns hinweg. Und ein Bomben-
splitter aus Eisen hat das Fenster in der Küche
eingeschlagen und ist dann quer durch das ganze
Zimmer bis in die Wand. Da ist das Geschoss
dann hängen geblieben. Meine Mutter, geistesge-
genwärtig, hat sich die Torte genommen und den
Sahne-Pott geschnappt und wir sind alle ab in den
Keller gerannt.
*„Do hammer dann op der Ärpelssäck jesesse un han
wigger jejesse!"* (Da haben wir dann auf den Kartoffelsäcken gesessen und weitergegessen.)

Also wenn das einen von uns getroffen hätte da in der Küche, der wäre weggewesen. Also das hab ich auch noch gut im Gedächtnis. Das muss jetzt so Ende 1944 gewesen sein. Wahrscheinlich sind damals kurz vor Kriegsende noch einige Angriffe gemacht worden von den Amis.

Auf dem Friedhof in Niederzündorf gibt es jedenfalls noch drei Reihen mit Kriegsgräbern, wo die Kriegsopfer alle liegen. Die Gräber sind fast alle mit Sterbedatum 1944/45 versehen. Viele, meist junge, Männer liegen dort, aber auch Frauen und Kinder sind darunter. Besonders tragisch war der Tod von drei Mädchen der Familie Michels. Die sind alle drei am 22. März 1945 umgekommen. Das Jüngste war kaum zwei Jahr alt. Das war eine große Tragödie und das ganze Dorf hat mitgetrauert.

Der Nikolaus

Wir glaubten ja bis zum, es geht nicht mehr, immer noch an den Nikolaus – ganz fest. Das war ja noch im Krieg, die Väter waren alle weg und meine Mutter war mit uns alleine im Haus. Wenn Nikolaus war, dann haben wir uns zu mehrere Familien zusammengetan – alles befreundete Familien aus Oberzündorf – und dann trafen wir uns sicherheitshalber im Keller wegen der Bombenangriffe. Am liebsten gingen wir alle zu den Hürths.

Die hatten vier Kinder, wir waren zu zweit und die Familie Müller hatte drei Kinder. So waren wir jede Menge Kinder. Da wurden wir alle bei Hürths in den Keller gebracht. Das war so ein Gewölbekeller, jede Menge volle Kartoffelsäcke drin, auf denen wir da alle gesessen haben. Und da hockten wir alle im Keller rum und warteten gespannt auf die Dinge, die da kommen sollten.

Wir sitzen auch grade so schön brav da, auf einmal ein Gepolter. Der Schreck fuhr uns in die Glieder. Und die Erwachsenen haben geflüstert:

„Oh, do kütt dä hillije Mann!"
(Oh, da kommt der Heilige Mann)

Und manche verfielen vor Ehrfurcht sogar ins Hochdeutsche.

„Der heilige Mann kommt!"

„Das ist bestimmt der Heilige Mann!"

Wir saßen da in banger Angst und einer guckte den anderen an. Es war mucksmäuschen still! Auf einmal stand der Heilige Mann in der Türe.

Der war aber nicht so schön wie unser Nikolaus oder unsere Weihnachtsmänner heute. Der trug nur ein weißes Bettlaken übergehängt. Unter dem Betttuch konnten wir nichts erkennen. Nicht mal, ob das ein Mann oder eine Frau war. Der Niko-

18

laus hatte eine verstellte tiefe Stimme und hat jeden mit dem Namen angesprochen.

„Warst du auch brav gewesen?"

Und wir dann immer: *„Ja, Heiliger Nikolaus!"*

„Du warst böse gewesen, du hast deinen Bruder gezankt!"

„Ja, Heiliger Nikolaus!"

„Tust du das nochmal?"

„Nein, Heiliger Nikolaus!"

„Kannst du auch beten?"

Und da hat einer nach dem anderen ein Gebet aufgesagt. Und jeder hat versucht, so gut es ging, Hochdeutsch zu sprechen. *(Hochdeutsch mit Knaubelen!)*

„Das hast du schön gesagt!", lobte der Heilige Mann. Dann hat der nächste rumgestottert und sein Lob bekommen.

„Das hast du gut gemacht!", sagte der Heilige Nikolaus.

Auf einmal rief der kleine Lambert Hürth – er war der kleinste. Der war so alt wie ich und ging damals noch nicht zur Schule, jedenfalls rief der kleine Lambert Hürth:

„Mama, luurens do, dä Nikolaus hät der Tant Stina sing Schohn ahn!"

(Schau mal, Mama, der Nikolaus hat die Schuhe von Tante Stina an!)

Heute bin ich sicher, dass die Erwachsenen ihr Lachen kaum unterdrücken konnten. Aber wir Kinder waren so versunken in den Nikolaus, dass wir das gar nicht mitgekriegt hatten. Für uns war das immer noch der *Heilige Mann!*

Auf die Schuhe hatte doch keiner von uns Kindern geachtet, nur der kleine Lambert hatte es gesehen. Irgendwie hat sich der Nikolaus dann ziemlich eilig verabschiedet.

Von der Sache mit der *Tant Stina sing Schohn* wurde später noch oft erzählt. Alle Erwachsenen wussten doch, dass der Nikolaus die Tante Stina war. Tante Stina hatte von Natur aus eine dunkle Stimme und musste damals in Ermangelung eines Mannes den Nikolaus machen.

Tante Stina lebte bei den Hürths in der Familie. Sie war unverheiratet und arbeitete im Krieg auf einem Bauernhof beim Wermes. (*Das war da, wo heute der Spargel verkauft wird*). Der Wermeshof in Oberzündorf war ein Pachthof, der einem Baron gehörte. Und dieser Baron hatte der Familie Wermes den Hof verpachtet. Dort hat die Tante Stina im Hof, im Garten, im Stall und überall gearbeitet, sozusagen als Mädchen für alles. Während des Krieges brachte sie auch viele Sachen vom Wermes mit nach Hause, um die Hürths damit ein bisschen über Wasser zu halten.

Tante Stina war die Schwester von der Frau Hürth, aber für uns alle war sie nur die Tante Stina. *„Do muss Tant Stina ins frore, …die Tant Stina hät jesaht…"*
(Da musst du mal Tante Stina fragen, …die Tante Stina hat gesagt…)

Großvaters Beerdigung

Wenn einer im Dorf gestorben war, wurde er üblicherweise aufgebahrt. Da lag er im offenen Sarg und jeder der wollte, konnte ihn sehen und Abschied nehmen. Manchmal war der Verstorbene auch in der Toreinfahrt oder im Hof nochmal zu sehen, bevor der Sargdeckel zugemacht wurde. Der Pastor hat ihn dann zur Beerdigung abgeholt und das ganze Dorf ist hinterhermarschiert.

Und wie unser Opa beerdigt worden ist, das weiß ich auch noch. Das muss 1945 im Januar/Februar gewesen sein, denn da war es eisekalt. Im Mai war der Krieg dann ja schon zu Ende.

Mein Opa ist ja auch zu Hause gestorben vorne in seinem Zimmer, wo er bis zu seinem Tod gepflegt worden war. Ich konnte das gar nicht begreifen, dass der Opa tot war. Da bin ich immer da rein zu dem am Morgen und hab ihm den Kaffee gebracht. Das weiß ich noch genau, wie ich den Kaffee immer gebracht hab. *Da han isch jesaht: „Opa, drink doch ens."* (Da habe ich gesagt: Opa, trink doch mal!)

Aber da kam ja nix mehr, der war tot. Und dann lag er da, in so einem Luftschutzbett. Das war so ein Eisenbett. Das vergesse ich auch nie. Und er sah genauso aus wie auf dem Foto, das auf dem *Buffett* (Büffet) stand, original wie der Hindenburg.

Der Opa hat zwei, drei Tage so aufgebahrt dagelegen, wie das früher üblich war. Und da kamen die Leute alle, um Abschied zu nehmen. Danach wurde der Sarg zugemacht und wir sind zur Kirche gegangen. Alle gingen da mit. Der Pastor mit dem Messdiener vorneweg. Das ganze Dorf ging da in einer langen Prozession alle hintereinander her, quer durch den Ort bis an die Kirche und auf den Friedhof. Und ich ging mit an der Hand von meiner Mutter. Dann haben wir auf dem Friedhof gestanden. Der Pastor hat am Grab ein Gebet gesprochen und der Messdiener hielt das Kreuz auf einem langen Stock hoch, wie das bei einer katholischen Beerdigung früher üblich war. (*Heute sind ja keine Messdiener mehr dabei!*) Dann wurde noch der Sarg mit dem Kreuz gesegnet und das Übliche gemacht und auf einmal heulten die Sirenen! Fliegeralarm! Bomben-Alarm!

Und da ist der Pastor laufen gegangen, der Messdiener laufen gegangen und die ganze Bagage. Alle sind laufen gegangen, ich an der Hand – weg vom Grab. Jedenfalls stand der Messdiener so da und „wupp", war der weg mit dem Kreuz.

Un do wor die Beerdijung am Engk! Esu schnell jingk dat! (Und da war die Beerdigung zu Ende! So schnell ging das!)

Ob es danach noch Streuselkuchen gab oder was, daran erinnere ich mich nicht mehr.

Äwer isch meen, isch söch der Pastur noch loofe mit singem Käppsche, fott wor er, un dä Messdeener mit däm Krütz hingerher. (Ich meine, ich sähe den Pastor noch mit seinem Käppchen laufen, weg war er, und der Messdiener mit dem Kreuz hinterher.) Jedenfalls das war die Beerdigung von meinem Opa.

Kirmes

Wir hatten ja Fronleichnam und Gottestracht. Zuerst kam die Gottestracht, das war die kleine Kirmes. Und dann erst Fronleichnam. Im Hubertushof war schwer was los, wenn in Zündorf Kirmes war. Ich kann mich noch gut daran erinnern, dass meine Eltern an Kirmes immer zum Frühschoppen gingen. Dort trafen sich dann die Alten aus Zündorf. Das war schon nach dem Krieg und da gab es ja keinen Alkohol in dem Sinn, dass man ihn sich leisten konnte. Da haben die Leute alle selber Schnaps gebrannt. Und wir auch im Stall – aus Rüben! Knolle Schnaps! Das war ein Klarer.

Dann hatte mein Vater und auch die anderen Männer alle eine Flasche Selbstgebrannten in der Hosentasche. Das wussten die Leute alle und das wussten die Wirte auch. Dann sind alle in den Saal rein und getanzt, geschunkelt und gelacht. *Un do wud ördentlisch jet jepött. (Da wurde ordentlich was getrunken).* Ich kann mich noch erinnern, wenn die Eltern dann nach Haus kamen, waren die immer so lustig! Das konnte ich gar nicht begreifen!

Ich dachte: *Woröm sin die dann nit immer esu? (Warum sind die nicht immer so?)*

Schwarzschlachten

Schwarzschlachten war ja streng verboten und konnte angezeigt und hart bestraft werden. Deshalb war ich ja auch immer in Eil bei der Oma einquartiert, bis ich alt genug war, um mich nicht mehr zu verplappern.

Der Malloks Jupp hat immer schwarzgeschlachtet. Das wusste das ganze Dorf. Der hat da schon mit so einem Bolzhammer gearbeitet. Er war nämlich Metzger und in der Metzgerei Andernach in Porz angestellt. Deshalb kam der auch an die ganzen Utensilien zum Schlachten ran.

Also das Schwarzschlachten fing für gewöhnlich damit an, dass die Fenster verhangen und das Radio auf volle Lautstärke gestellt wurde, falls das Schwein schreit. Also Gardinen zu, damit man nicht reingucken konnte und ab mit dem Schwein in den Hinterhof, wo die Waschküche war. Rein in die Waschküche mit dem Schwein, den Bolzhammer an den Kopf, und zack, war es betäubt. Da hat es nix mehr gemerkt, nur noch mit den Beinen gestrampelt. Das war human!

In der Waschküche gab es eine große Zinkwanne, wo wir auch samstags drin badeten, einer nach dem anderen. Aber jetzt lag das betäubte Schwein da drin und der Jupp hat ihm, ratsch, den Hals aufgeschnitten zum Ausbluten. Da hing dem Schwein der Kopf so über den Rand der Zinkwanne. Meine Mutter kam gleich mit einem Eimer, um das Schweineblut aufzufangen für die Blutwurst. Anschließend wurde das Schwein mit heißem Wasser abgeschrubbt und die Schweinsborsten mit einem scharfen Messer vollkommen abrasiert. Dann wurde es an den Beinen, Kopf nach unten, an zwei Stangen aufgehangen, bis es ganz ausgeblutet war.

Als kein Blut mehr getropft ist, hat der Malloks Jupp sein scharfes Metzgermesser genommen und das Schwein von oben bis unten – ratsch, ratsch – aufgeschnitten. Da hingen dann die Gedärme alle raus und wurden in so eine große Schüssel gelegt und entsorgt. Früher war das normal!

Dat han isch mir äwer nie ahnjeluhrt. Nur wie dat Schwein opjehange wor. (Das habe ich mir aber nie angesehen! Nur wie das Schwein da hing.)

In den nächsten Tagen wurde dann das ganze Schwein komplett verarbeitet.

26

In der Keller kohm dat janze Fleesch in de Holzbütt erin zum Insalze. Uch die Ührsche, dat Schnüssche un die Schwänzje för in de Äzzezupp em Winter. (Die Ohren, die Schnauze, den Schwanze und das ganze übrige Fleisch kamen in den Keller zum Salzen in den Holzzuber. Für in die Erbsensuppe im Winter)

Da waren wir wieder für das ganze Jahr versorgt.

Alles för ömmesöns

In meinem Elternhaus gab es im Stall einen gemauerten Brunnen mit einem Eisenschwengel, mit dem das Wasser hochgepumpt werden musste. Das Wasser war glasklar und sehr kalt, denn der Brunnen war sehr tief. In seiner Innenseite waren Eisenkrampen bis hin zum Brunnenwasser angebracht. Ab und zu ist mein Vater mit einer Karbidlampe, die er an den Stufenhaken einhängte, dort runtergeklettert, um den Brunnen zu reinigen. Das Wasser war weich und schmeckte sehr gut! Wir brauchten es ansonsten aber auch für die große Wäsche.

Da kamen auch viele Zündorfer und haben sich an dem guten Wasser aus unserem Brunnen bedient. Aber auch die Bauern kamen regelmäßig angefahren mit großen Fässern, die sie auffüllten als Wasser für ihr Vieh!

Natürlich alles för ömmesöns! (*für umsonst!*)

Zuckerlocken

Die Kommunion von meinem Bruder war ein Riesenfest. Ich war damals 5 Jahre alt. Da kamen Onkel und Tanten, von überall her, die kannte ich gar nicht. Um besonders schick auszusehen am Ehrentag meines Bruders, drehte mir meine Mutter am Samstagabend meine Haare zu Locken ein. Der Kopf wurde gewaschen und die Haare Strähne für Strähne in Zuckerwasser eingeweicht *un opjedrieht* (*und aufgedreht*). Dazu benutzte meine Mutter zurechtgeschnittene, gefaltete Zeitungszettelchen, die mit den Haaren verdrillt wurden. *Do haddisch der janze Kopp voll mit denne Papierwickler wie enne Löw un esu jink isch och nom Bett.* (*Da hatte ich den ganzen Kopf voll mit diesen Papierwicklern wie ein Löwe und so ging ich dann auch ins Bett*). Am nächsten Morgen waren schon alle, bis auf die Tanten, die kochten, in der Kommunionsmesse. Die Tanten sollten mich nun parat machen und fielen über mich her, um mir die Haare auszukämmen. Das war aber alles ver-

28

klebt. Schon das Entfernen der Wickler *dät ärsch wieh (tat furchtbar weh)*. Und als die anfingen mit dem Kamm an mir rumzufuhrwerken, schrie ich nach meiner Mutter und riss mich los. Da kamen die Tanten *nimmie hingerher (nicht mehr hinterher)*. Ich *jraduss wigger jerannt öwer de Stroß no de Kiresch (geradeaus weiter gerannt über die Straße zur Kirche)* denn die hatten gesagt, meine Mutter wäre in der Messe. Ich, *der halve Kopp voll mit denne Lockewickler, (den halben Kopf voll mit diesen Lockenwicklern)* durch den Mittelgang der Kirche gestürmt und nach meiner Mutter geschrien. Die ganze Kommunionsmesse war unterbrochen und meine Mutter schockiert. Die packte mich bei der Hand und schleppte mich sofort aus der Kirche raus – ab nach Hause. Da kriegte ich sie erstmal jeschandt, *(geschimpft)* aber dann hat sie mir die Locken rausgemacht. Und das tat nicht halb so weh wie bei den beiden ungeschickten Tanten!

Abb. 6a auf Seite 37: *Ich gucke noch immer sehr wütend. Aber ich bin doch ganz schön schön gewesen!*

29

Die Kindheit

Fotos

Abb. 1 Meine Eltern, mein Bruder und ich bei uns im Hof

31

Mein Bruder Hans und ich in unserem Garten

Abb. 2 Mein Bruder mit *bunke Hellepe (bunten Hosenträgern)* und ich vorne in unserem Garten

32

Abb. 3   Mein Bruder und ich *In der Wüstenei*

33

Abb. 4 Mit *Pattefujl (große Schleife)* im hellblauen Spitzenkleidchen

Abb. 5 Rechts, die Hundehütte. Dort verkroch ich mich, wenn ich was verbrochen hatte. Und der Hund hat dann meine Mutter angeknurrt.

35

Abb. 6   Sommer 1942 in unserem Garten

Abb. 6a Die Kommunion meines Bruders. Ich mit blonden Zuckerlocken.

37

2

DIE NONNEN

Kloster Zündorf

Die Cellitinnen sind ja überall in der Welt.

Aber die Cellitinnen vom Kloster Zündorf kamen aus der Severinsstraße – das Severins Klösterchen war ja das Mutterhaus in Köln.

Das Zündorfer Kloster lag in der Gütergasse hinter unserer alten Schule. Die Nonnen waren dort Selbstversorger. Da hatten sie einen Stall für Hühner und Enten. Sie hatten sogar Kühe und betrieben dort eine regelrechte Landwirtschaft.

In Oberzündorf gab es noch ein kleines Nebenkloster, wo sich die Nonnen mit Obst und Gemüse versorgten. Dort ernteten sie: Salat, Möhrchen, Gurken, Tomaten und so weiter und auch verschiedene Sorten Obst. Das Obst wurde zum Teil eingeweckt in Einmachgläsern und das Gemüse (wie Kohl und Möhren) kam zum Überwintern in eine Miete. Da waren die Nonnen im Winter auch mit frischen Gemüsen eingedeckt.

Damals war das ja so:

In Zündorf gab es ja keine Altenheime wie heute. Die alten Leute wurden in der Regel alle zu Hause gepflegt. Meistens von den Frauen der Familie. Und die Alten, die keine Angehörigen hatten und alleinstehend waren, kamen zu den Nonnen. Die wurden von denen versorgt, egal ob Mann oder Frau. Die Leute mussten dann nur das, was sie an Geld, Rente oder Gespartem hatten, im Kloster abgeben und dann wurden die dafür von den Nonnen betreut. Und der Hans, mein Bruder, war ja Jung-Postbote beim Kloster. Wenn dann der Erste war, brachte er den alten Männern immer die Rentenabrechnungen. Aber das Privileg hatten nur Pensionäre mit Beihilfe oder Rentner mit Zusatzrente vom Betrieb her. Ansonsten wurden die Renten vom Kloster direkt eingezogen. Die Zusatzrente durften die Alten aber für sich behalten. Dann sagten die zum Hans:

„Kumm Jung, jäw her der Breef, dat bruche de Nonne nit zo sinn!"
(Komm Junge, gib den Brief her, den brauchen die Nonnen nicht zu sehen.)

Und am Abend dann sind die Alten in die Kneipe zum *Ewalds Ött im Jägerhof* gegangen und haben ordentlich Kölsch *jepött. (gesoffen)* Und die vertrugen doch all *nit ä suvill. (nicht soviel)* Da sind sie schon manchmal mit schwerer Schlagseite ins Kloster zurückgewankt und mussten sich auch manchmal übergeben oder Schlimmeres. Und die Nonnen waren sauer und *han jeschandt. (haben geschimpft)* Und die Schwester Bonifatia, die das Erbrochene weg-wischen musste, hat gesagt:

„Wenn isch künnt, wie isch will, isch wüdden met de Nas do duresch trecke!" (Wenn ich könnte, wie ich wollte, ich würde ihn mit der Nase da durchziehen!)

Jedenfalls die Leute da im Kloster durften alle bis zu ihrem Tod im Kloster bleiben und wurden na-türlich auch gesundheitlich behandelt und ge-pflegt. Das war ja nicht die schlechteste Einrich-tung!

Das Päterchen

Auch Pater Faller kam auf seinen Alterssitzt ins Kloster Zündorf. Nachdem er zwanzig oder dreißig Jahre als Missionar in Afrika gearbeitet hatte, wurde er dort nun auch von den Nonnen betreut.

Der Pater war in jungen Jahren von der *Styler Mission* in Sankt Augustin nach Afrika entsandt worden, um dort die Afrikaner zu bekehren.

Die *Styler Mission* vertreibt aber auch christliche Zeitschriften, zum Beispiel:

Die Stadt Gottes und *Die Kindheit Jesus* und das ganze *Jedöns*. Schon unsere Lehrerin, *Klein-Tinchen,* hatte die Zeitungen von uns austragen lassen. Die Katholiken haben ja überall so Drähte untereinander. Die waren ja immer gut vernetzt. Ich kriege ja heute noch *Die Stadt Gottes*.

Die wird jetzt vom Ria *usjedrare* (ausgetragen) und verteilt!

*

Jeden Abend ging der Pater spazieren. Immer gegen halb sechs kam der aus dem Kloster. *Dat wor su ä klee Männsche!* (Das war so ein kleines Männlein) Deshalb nannten wir Kinder ihn nur das *Päterchen*. Da

41

hatte der sein *Stöckelchen* dabei und dann ging der an die Groov und dann am Rhein entlang in Richtung Porz. Da war aber damals nur ein Feldweg, ziemlich holprig und nicht asphaltiert wie heute. Aber das Päterchen kannte ja den Weg.

Wann der kam, das wussten wir Kinder!
Und dann haben wir den begrüßt:
„N´abend, Herr Pater!"
„Guten Abend, Kinder!"
„N´abend, Herr Pater!"
„Guten Abend, Kinder!"
Wir fanden das immer nett! Wir mochten das Päterchen!

*

Das Päterchen war schon sehr alt und konnte kaum noch sehen. Er war fast blind! Und hören konnte er auch nichts mehr. Aber der konnte noch zelebrieren! Das können die ja all im Schlaf, die Pater. Und er hat auch noch die Beichte abgenommen.
Aber wir Kinder gingen immer zu unserem Pastor. Also wir mussten zum Pastor, der kannte uns

doch alle. Der hat uns dann die Beichte abgenommen.

Ja, was haben wir da gebeichtet? ...dass wir abgeschrieben hätten, dass wir Widerworte gegeben hätten, dass wir die Mutter geärgert hätten oder dass wir gepfuscht hätten und all so einen Quatsch! Da haben wir uns jedes Mal was ausgedacht. Manchmal mussten wir drei Vaterunser oder zwei Ave Maria beten und dann waren wir wieder von unseren Sünden befreit.

Besonders hart war das natürlich, als wir Kommunionkinder waren. Da wollte ich ja sozusagen *middenem Hillijesching römloofe* (mit einem Heiligenschein rumlaufen). Und da haben wir uns alle gequält und gequält, um was zum Beichten zu haben. Aber alles konnten wir ja dem Pastor auch nicht sagen, der kannte uns doch! Da hätten wir uns dann *zevill geschamp för.* (zu sehr geschämt für)

Die Schwestern in Lüttich

Ich hatte ja auch zwei Tanten im Kloster in Belgien in Lüttich. Da bin ich einmal mit meiner Mutter hingefahren. Da war ich so sieben oder acht Jahre alt. Die eine Tante hatte ihr 50jähriges Jubiläum in Lüttich. Da war die schon so an die achtzig Jahre.

Das war damals ja so: Die Nonnen durften früher niemals aus dem Kloster raus, keinen Schritt. Die durftest du weder besuchen noch sonstwas. Das weiß ich noch von meiner Mutter. Das wurde dann erst in den 70er oder 80er Jahren gelockert. Damals, das war ja eine Weltreise, als wir nach Lüttich gefahren sind zu den Schwestern ins Kloster.

Die eine Nonne hieß Schwester Isabella und die andere hieß Schwester Alberta. Das waren jetzt die neuen Nonnen-Namen. Früher hießen die Anna und Lenchen. Diese beiden waren ja Schwestern von meiner Oma. Und wie die ins Kloster eintraten, musste jede von ihnen eine Mitgift mitbringen. Und das gaben die alles im Kloster ab. Deshalb wurden das Kloster und die Kirche so reich, weil die immer die Mitgift von den Nonnen einkassiert haben. Aber meine Tanten waren zu dem Zeitpunkt schon so clever und haben gesagt:

„Wir nehmen nur die Aussteuer mit. Nicht unser Erbteil!"

Sonst hätte der Opa das alles hier nicht gehabt. Die haben das alles in seiner Hand gelassen, die zwei. Aber dadurch waren die beiden im Kloster auch nur, eine im Stall und die andere in der Gärtnerei beschäftigt. Deshalb wurden die auch nie Schwester Oberin oder so! Hatten ja nicht genug mitgebracht! *Die han schwer jearbeit die Zwei.* (gearbeitet)

Also das waren die beiden verwandten Nonnen aus Lüttich. Aber wir hatten ja hier im Kloster Zündorf auch noch andere Cellitinnen, mit denen wir verwandt waren.

Also die letzte, die wir im Kloster gekannt haben, war die Schwester Saula (Tanti). Da haben wir noch Bilder von. Die war irgendeine Cousine – alles von der Kurtenbach-Linie – also von der Mutter! Nix vom Vater.

Schwester Saula

Ich muss sechs oder sieben Jahre alt gewesen sein, da wurde jemand vom Kloster zu uns geschickt, sie ließen sagen, da wär eine weitläufige Verwandte von uns im Kloster eingetroffen, und wir sollten mal hinkommen.

Aber wir wussten gar nicht, wer das sein könnte. Ich wurde an die Hand gepackt und dann ab runter zum Kloster.

Da haben wir dort im Kloster in einem Zimmerchen gesessen, wir zwei, meine Mutter und ich, und haben auf die Nonne gewartet. In dem Zimmerchen war nur ein kleiner Schrank drin und dann gab es da ein Bett und alles so ärmlich. Das war ja noch kurz nach dem Krieg. Wir haben also dagesessen und gewartet und auf einmal kam die Nonne – also *esu ä klein Fräuche* – rein. Das war die Schwester Saula!

„Ach, da bin ich aber froh, dass ich wenigstens einen hier habe, den ich hier kenne!"

Na ja, wir standen denn da und haben uns bekannt gemacht. Sie war beglückt, dass sie jemanden hatte, und wir waren auch zufrieden! Jetzt hatten wir noch eine Nonne im Kloster. Und da wurde die auch in der Familie aufgenommen. Sie kam zu mir und wir zu ihr und nachher, als die Sabine, meine Tochter, da war, auch zu der. Ab da hieß die Schwester Saula nur noch die *Tanti*. Wir haben dann auch nicht mehr Schwester sondern nur noch *Tanti* gesagt.

Aber *Saula* war natürlich nur der Nonnen-Namen. Eigentlich hieß sie Gertrud! Gertrud Balkhausen hieß die. Und die war geboren in Langenfeld, das ist da irgendwo bei Düsseldorf. Und deshalb war die ganz beglückt, dass sie jemanden hatte hier in Zündorf! Ja, so war das.

Schwester Saula war der Küchenchef im Kloster. Sie war eine gelernte Köchin und Diät-Assistentin. Da hat sie auch immer Wert drauf gelegt. Diät-Assistentin! Das hat sie immer betont. Deswegen hat sie auch in der Gütergasse im Kloster, die Küche geführt. Die hat da alles geschmissen!

Als Kind wusste ich immer, wann die die Reibekuchen backen würde. Da hab ich zu den anderen Kindern, die da alle waren, gesagt: *„Hück jiddet widder Riefkooche, lossmer nom Kloster jonn!"* *(Heute gibt es wieder Reibekuchen! Lasst uns zum Kloster gehen!)*

47

Ich war ja immer im Rudel unterwegs, also, wir haben immer im Rudel gespielt. Ich hatte zwar eine Freundin, das war meine Freundin, *dat Annemie*! Die hab ich jetzt ja noch, das war meine Freundin aus dem Sandkasten, kann man sagen. Aber spielen waren wir immer im Rudel.

Und dann gingen wir an das Klosterfenster. Unten war ja die Küche, und da rochen wir dann ja schon die leckeren Reibekuchen. Hhm!

Ich war ja immer die erste da am Fenster – als Kontaktperson. Ich musste jetzt ja machen, dass die Reibekuchen rauskamen. Dann guckte die Schwester Saula mich so schräg an und da kriegte ich sie gleich wieder von ihr *geschandt* (geschimpft):

„Wie viele Kinder hast du mir dann jetzt wieder mitgebracht? Du sollst mir doch nicht so viele Kinder mitbringen. Ich muss die Reibekuchen hier für die Leute alle backen!"

Aber wir kriegten trotzdem jeder einen Reibekuchen. Das vergesse ich nie.

Schwester Palmyra

Schwester Palmyra lebte mit zwanzig bis zweiundzwanzig Schwestern unten im Kloster in der Gütergasse. Jeden Morgen ging Schwester Palmyra zu Fuß vom Kloster bis nach Oberzündorf. Dort gab es ein kleines Kloster neben dem früheren Altenheim. Heute steht dort ein Flachbau für Demenzkranke. Jedenfalls, auf diesem Platz neben dem Friedhof stand damals ein kleines Kloster. Vor der Kirche Sankt Martin. Für dieses Kloster war Schwester Palmyra alleine verantwortlich. Mittags kamen die älteren Männer aus dem Dorf, die keinen Anhang oder Familie hatten, und wurden von der Schwester Palmyra versorgt und betreut. Die bekamen dann ihr Essen und gingen abends wieder nach Hause. Das Essen kam unten vom Kloster aus der Großküche, wo die Schwester Saula *(Tanti)* immer gekocht hat.

Dort im Kloster lebte einer, der hieß Heinrich, aber den nannten alle nur *Heinsche*.

Das *Heinsche* war geistig behindert und auf dem Stand eines Zwölfjährigen stehen geblieben. Er hatte eine wichtige Aufgabe und war stolz darauf.

Jeden Mittag gegen halb zwölf ging *dat Heinsche* mit dem Essen, das die Tanti gekocht hatte, zur Schwester Palmyra nach Oberzündorf. Dann kam er mit seinem kleinen Leiterwagen an und ratterte die Straße entlang. Heinsche kannte jeden in Zündorf und jeder kannte *Heinsche*. Und dann ging es immer:

„Heinsche, wie jehdet?" (Heinsche, wie geht es?)

„Heinsche, wie iset dann esu?" (Heinsche, wie läuft es dann so?)

Natürlich blieb Heinsche dann stehen und *hät verzallt un verzallt* (hat erzählt und erzählt), weil die Leute ihn dazu animiert hatten! Aber eines Tages ist er mit seinem Wagen bei Schwester Palmyra angekommen und das Essen war kalt!

So lang hatte der *jeschwahd*. (geschwätzt)

Da hat die Schwester natürlich Zirkus gemacht und das unten in der Klosterküche gemeldet. Also jedenfalls, Heinsche musste zur *ehrwürdigen Schwester Saula* zum Rapport und da kriegte er eine schöne Abreibung.

Am nächsten Tag kam Heinsche wieder mit seinem Wägelchen angeklappert und die Leute haben ihn wieder angesprochen:

„Un? Wat mähste esu, Heinsche?" (Und? Was machst du so, Heinsche)

„Wie jehet dann esu, Jung!"(Wie geht es dann so, Junge?)

Da hat das Heinsche abgewinkt: *„Nä, nä, nä!"*

„Wat is, Heinsche?"

„Isch darf nimmih stonn bliewe, söns widd dat Esse kalt! Isch muss wigger jonn, hätt die Schwester Saula gesaht! Süns schmegg et Esse nimmih!"
(Ich darf nicht mehr stehen bleiben, sonst wird das Essen kalt! Ich muss weiter gehen, hat Schwester Saula gesagt! Sonst schmeckt das Essen nicht mehr!)

Und Heinsche dann – zack – *fott mit singem Wägel-chen zum Palmyra.* (und weg mit seinem Wägelchen zur Palmyra)

Palmyra lernt Radfahren.

Schwester Palmyra war eine ziemlich korpulente Frau und die hatte von jung an Plattfüße. Die konnte gar nicht richtig laufen. *Die jingk wieren Ent.* (Die ging wie eine Ente) Und dann ging die von un-ten vom Kloster hoch bis oben den Berg rauf bis zur Kirche St Martin. Und das war schwer für die Schwester. Sie war damals schätzungsweise fünf-undfünfzig oder sechsundfünfzig Jahre alt. Der weite Weg wurde immer schwerer für die Nonne mit ihren Plattfüßen und Fahrradfahren hatte sie in ihrer Jugend nicht gelernt.

Müllers Käthi und ich wir fuhren öfters mit unseren Fahrrädern zur Schwester Palmyra. Ich war damals so dreizehn, vierzehn. Da haben wir ihr ein bisschen geholfen, wie man das so macht als Dreizehnjährige. Da mussten wir spülen helfen oder aufräumen und all sowas. Für uns war das ein Ehrenamt.

Eines Tages sagte Schwester Palmyra zu uns:

„Hört mal, ihr zwei, ihr könnt doch Fahrrad fahren."

„Jajo dat."

„Und ihr habt auch ein Fahrrad?"

„Jo."

„Meint ihr vielleicht, ihr könnt mir das noch beibringen?"

„Jo, Schwester, dat wissemer och nit!"(Ja, Schwester, das wissen wir auch nicht)

„Würdet ihr es vielleicht einmal versuchen?"

„Jo, Schwester Palmyra...?" und dann haben wir hin und her überlegt und haben gesagt: „Versöhcke künne mir dat jo ens!"(Versuchen können wir es ja mal)

In die Nesseln

Eines Tages, Müllers Käthi brachte ihr Fahrrad mit, war es dann soweit.

Schwester Palmyra hatte gegen sechs Uhr abends ihren Dienst beendet und musste dann runter zum Kloster in die Gemeinschaft. Na ja, und dann haben wir sie auf das Fahrrad gesetzt und festgehalten – von beiden Seiten – wir waren ja stark. Mit dreizehn, vierzehn, da kannst du schon was halten!

Aber Schwester Palmyra hatte keine Balance! Sie saß auf dem Rad wie ein Sack! Wir haben geübt noch und nöcher! Aber wir fuhren da noch nicht auf der Straße. Die Übung fand unten am Rhein statt auf einem Feldweg, der direkt zum alten Kloster führte. Auf dem ist Palmyra mit dem Rad gefahren, aber da waren auch Furchen drin und Rillen. Jedenfalls Palmyra hatten wir auf dem Fahrrad sitzen! Sicherheitshalber hatte sie ihren schwarzen Rock hochgesteckt, damit er ihr nicht in die Speichen kam. Rechts und links eine Sicherheitsnadel rein und fertig. Los ging's. Palmyra fuhr auch ganz prima und sie trat auch in die Pedale, dass ihre schwarzen Strümpfe und hohen

Schnürschuhe zu sehen waren. Alles wunderbar sexy!

Rechte Seite war aber ein Feld mit Brennnesseln. Palmyra fuhr – und fuhr, und es kam, wie es kommen musste, sie geriet in eine Furche! Das Rad kam ins Schlingern – klatsch!

Da lag sie dann mitten in den Brennnesseln. Durch ihre langen Gewänder war es nicht ganz so tragisch. Aber Palmyra war nicht mutlos! Sie hat ihren schwarzen Rock ausgeklopft und wieder gerichtet und – zack – wieder auf das Fahrrad. Wir sind immer hinterhergegangen und sie immer: „Haltet mich fest! Haltet mich fest!"

Wir immer festgehalten, immer gestützt und hinterhergegangen und ab und zu mal losgelassen. Hat sie gar nicht gemerkt. Dann eines Tages hatte sie es gepackt!

Böse Jungs

Einige Wochen später sagte Palmyra:
„Passt mal auf! Wenn ich früh morgens zum Kloster fahre, kann ich nicht mehr den holprigen Weg am Rhein entlangfahren. Das ist mir jetzt zu dun-

kel. Und wenn es noch dunkler wird, dann muss ich ja sowieso über die Straße fahren! Könnt ihr nochmal auf der Straße mit mir üben?"

Ja, dann haben wir geübt und geübt. Radfahren auf der Straße.

Käthis Bruder hatte aber spitzgekriegt, wann wir mit Palmyra über die Straße fahren wollten! Da wussten das natürlich bald auch die Jungens aus Zündorf, Müllers Jupp, Westfelds Berti, Hürths Adam, und alle, wie sie da waren.

Als wir dann gegen achtzehn Uhr mit der Schwester ankamen, machten die sich einen Spaß daraus und rannten vor dem Fahrrad von Palmyra immer hin und her zickzack!

Do koom der Müllers Jupp vun rächs över die Stroß jeloofe , der Hürths Adam vun links un der Berti un ,wer do noch wor, immer hin un her! (Da rannte der Müllers Jupp von rechts über die Straße, der Hürths Adam von links, und der Berti und alle, die dabei waren, immer hin und her.) Palmyra auf dem Fahrrad gewackelt und gewankt! Und wir immer festgehalten. Schließlich sind wir im Kloster einigermaßen heil angekommen.

Aber damals war ja auch kaum Autoverkehr, sonst hätten die Jungs es ja nicht machen können.

Doch Schwester Palmyra hat überhaupt nicht geschimpft!

Heutzutage würde ich sagen, die war ein bisschen doof! Das machte der gar nix aus!

Sie wollte das mit Gewalt lernen, das Radfahren, weil sie ja nicht mehr laufen konnte mit ihren Plattfüßen.

Jedenfalls eines Tages hatte sie tatsächlich das Fahrradfahren geschnallt und dann fuhr sie auch alleine nachher!

Kloster Heisterbach

Schwester Saula (Tanti) hat einmal zu mir gesagt:
„Weißt du, Majretsche, als ich noch ein Kind war,
da hat mich mal jemand gefragt:
Was willst du denn eigentlich beruflich werden? Und
da hab ich schon damals gesagt: *„Ich werde einmal
ehrwürdige Schwester."*

Das war also schon damals ihr Wunsch oder es
war eine Berufung für sie!
Wie ich dann so ungefähr 17 oder 18 Jahre alt war
– da hatten wir ja noch immer Kontakt zum Kloster – da kam die Tanti zu uns mit dem Vorschlag,
ich könnte doch mal zum Kloster Heisterbach fahren. Da wäre wieder eine Einkleidung.
„Da kannst du dir das alles mal in Ruhe ansehen,
wie dir das da so gefällt."
Also wurde ich losgeschickt ins Kloster, um mich
zu informieren.
In Kloster Heisterbach war ja das Noviziat, wo die
Einkleidung stattfand.

*Eine Einkleidung ist ein katholisches Ritual, wenn junge Mäd-
chen Nonne werden wollen.*
*Bevor die Mädchen ins Kloster eintreten, müssen sie ein Noviziat
machen. Und während der Zeit heißen sie dann Novizinnen. Und*

dann haben sie 1 oder 2 Jahre Zeit sich zu prüfen, ob sie ins Kloster gehen oder nicht.

Bei der Einkleidung gingen die Mädchen alle als Bräute mit langen, weißen Kleidern und Myrten-Kränzchen im Haar in die Kirche. Dort fand dann eine Messe statt mit Eltern, Geschwistern und Verwandten und den Nonnen. Nach der Messe gingen all die Nonnen in ihren schwarzen Gewändern in die Sakristei. Und die Mädchen folgten ihnen, ganz in weiß gekleidet, und trugen ihre schwarze Nonnen-Tracht auf ihren Händen. Danach wurde die Tür zur Sakristei geschlossen.

Damals hatten die Mädchen alle sehr lange Haare und da wurden ihnen in der Sakristei die Haare abgeschnitten, weil sie nicht mehr unter den Habit passten. Habit nennt man das Tuch, das die Nonnen als Kopfbedeckung tragen. Heutzutage können sie aber sicher ihre Haare behalten.

Wenn die Mädchen dann aus der Sakristei herauskamen, hatten sie ihre weiße Kleidung abgelegt und waren ganz in Schwarz gekleidet bis auf den Habit. Denn als junge Novizin mussten sie zuerst ein oder zwei Jahre einen weißen Habit tragen, bis sie dann – ich glaube, nach fünf Jahren – das Ewige Gelübde ablegen durften. Und dann kamen sie nicht mehr raus aus dem Kloster! Das war so – jedenfalls früher!

Heutzutage schafft man das vielleicht doch irgendwie.

Aber das Ende von dieser ganzen Geschichte war: Ich hab mir das alles angesehen, war alles sehr ergreifend, war alles wunderschön, aber es hat bei mir leider keine Früchte getragen.

Heute glaube ich, die Tanti wollte wirklich, dass ich auch ins Kloster gehen sollte. Die wollte mich anheuern sozusagen!
Aber ich hatte da schon andere Pläne.

Die Nonnen

Fotos

Abb. 7   Schwester Alberta, die nach Lüttich ging.

Abb. 8 Schwester Alberta zu Besuch in Bergisch Gladbach

62

Abb. 9   50jähriges Ordensjubiläum von Alberta in Lüttich

Abb. 10   50jähriges Ordensjubiläum von der Tanti (Mitte)

Abb. 11   Kloster Gütergasse mit Nonnen und Waisenkindern

65

Abb. 12   Nonnen in der Gütergasse (Jüddejass)

66

Abb. 13   Schwester Achillia im Altenheim St Martin

67

Abb. 14 Schwester Saula (Tanti) im Altenheim St Martin, Ordensjubiläum (50 Jahre) Goldene Hochzeit

68

Abb. 15 Schwester Palmyra mit zu Betreuenden im Kloster Gütergasse

Abb. 16   Hinter Klostermauern in der Gütergasse

3

SCHULZEIT

Volksschule Gütergasse

Ich wollte unbedingt mit meiner Freundin Annemie zusammen in die Schule gehen. Aber die war ja leider ein Jahr jünger als ich. Da hat meine Mutter gesagt, wenn der Arzt bei der Schulanmeldung nichts dagegen hätte, wäre sie damit einverstanden. Da wurde ja immer vor der Einschulung eine Eignungsprüfung gemacht und der Schul-Arzt hat damals gesagt, ein Jahr später wäre auch in Ordnung! Ich war ja immer ein bisschen klein und mickrig. Und da war ich froh, dass ich erst später, zusammen mit *dem Annemie*, eingeschult wurde.
In der Volksschule wurden immer zwei Klassen in einem Raum unterrichtet. Das 1. und 2. Schuljahr, das 3. und 4. Schuljahr, das 5. und 6. und das 7. und 8. Schuljahr. Da hatten wir vier Schulklassen. Die waren ziemlich vollbesetzt, bestimmt

über 40 Schüler in jeder Klasse. Unsere Lehrer waren: Das Fräulein Balzer, das Fräulein Thomas und der Herr Billstein. Der Lehrer Billstein fing bei uns seine erste Stellung als Lehrer an. Der war noch sehr jung, aber ganz nett. Dann das Fräulein Balzer, das wir immer nur *Klein-Tinchen* nannten. Bei dem haben wir nicht so viel gelernt! Da konnten wir mit den Molli machen. Und in den oberen Klassen unterrichtete das Fräulein Thomas.

Die Lehrerinnen nannten wir, *„Frollein"* und den Lehrer *„Herr Lehrer"*!

Wenn wir uns gemeldet haben, dann haben wir aufgezeigt und mit den Fingern geflitscht: *„Frollein! Frollein!"* oder *„Herr Lehrer, Herr Lehrer"*!

Das Beste in der Schule waren auf jeden Fall die Pausen!

Auf dem Schulhof wuchsen mehrere Kastanien und er war rundherum von einer Mauer umgeben. Die gibt es heute noch und die Kastanien auch. Die sind jetzt echt riesig!

Heute ist auf unserem Schulhof ein kleiner Spielplatz, wo manchmal abends die Besoffenen rumsitzen mit der Bierflasche, nur die Bäume sind immer noch da von früher. Die sind mit einer Umwelt-Plakette geschützt. Naturschutz! Die Schule ist abgerissen. Und wo die Hühner vom Klostergarten liefen, stehen jetzt die be-

grünten Reihenhäuser von Gottfried Böhm aus dem Jahr 1982. Sie sind mit Wein, der sich im Herbst rot färbt, oder mit Efeu bewachsen. Aber gegenüber in der Gütergasse steht immer noch das alte Klostergebäude, so wie es einmal war. Der Unterschied ist, dass es aufgelöst wurde und die Nonnen überallhin verteilt worden sind. Einige wurden im Altenheim St. Martin in Zündorf untergebracht in der obersten Etage. Da hatten sie einen Bereich ganz für sich. Und einige kamen ins Altenheim nach Zülpich in der Eifel. Heutzutage wird das ehemalige Kloster von vier Familien in Privatbesitz bewohnt.

Der Ausflug

Wir haben mal einen Ausflug mit dem Schiff gemacht von der Schule aus. Da mussten wir alle geschlossen zu Fuß bis nach Porz gehen. Da passte die ganze Schule drauf. Auf den Dampfer. Und dann sind wir mit dem Dampfer nach Remagen gefahren. Und dann den Berg hochgegangen zur Apollonarius-Kirche. Rund um die Kirche ist eine Mauer, da konnten wir uns draufsetzen und das Essen auspacken. *Mir hatte jo all dat Esse bei ons in de Täsch odder im Büggel.* (Wir hatten ja unser Essen alles bei uns in der Tasche oder im Beutel) Zum Beispiel: Vanillepudding im Glas mit Himbeersauce, Kartoffelsalat auch im Glas, Butterbrote, und so weiter. – Restaurants waren ja tabu! Konnten wir uns sowieso nicht leisten – Da saßen wir da alle herum vor der Kirche auf der Mauer! Das war ein richtiges Highlight, wie wir da alle gegessen haben – hab ich leider keine Fotos von – *Damals hat man ja auch nicht andauernd fotografiert* – Und dann sind wir alle Mann wieder mit dem Schiff zurückgefahren. Das war einmalig schön!

Den ganzen Tag hatten wir da den Ausflug gemacht! Daran kann ich mich noch genau erinnern! Das war Abenteuer pur!

Kanonenofen

Wir hatten in der Klasse so einen dicken Ofen, so ein Kanonenofen war das. Und der wurde im Winter mit Brikett geheizt. Wenn ich dann mit meiner Freundin, meist war das *dat Annemie*, in der ersten Bank saß, dann haben wir gesagt:

„Frollein Thomas, uns iset esu kalt. Dürfen wir was auf den Ofen tuen?"

Da sagt sie: *„Ja, macht ruhig was drauf. Mir ist es auch kalt!"*

Dann haben wir den Ofen bis oben voll gemacht und irgendwann wurde der glühend. Da wurde es uns ja wieder zu heiß! Dann hieß es:

„Frollein Thomas, heh künne mir nit sitze bliewe. He isset ons ze wärm!"(hier können wir nicht sitzen bleiben. Hier ist uns zu heiß!)

„Ja, dann setzt euch in die letzte Bank!"

Und das wollten wir ja nur – hinten in die letzte Reihe. Zum Quatschen.

Das Fräulein Thomas lebte mit ihrer Schwester auf der Wahner Straße. Da wo jetzt der Buchladen Bouja ist, ein Haus weiter, da in dem Einfamilienhaus. Es war ein großes Haus.

Aber natürlich hatte uns das *Frollein* Thomas durchschaut. Die war ja nicht blöd! Sie unterrichtete nur die oberen Klassen und war die Beste von allen. Von ihr haben wir am meisten gelernt! Und wie soll ich sagen? – Wir hatten Respekt vor ihr!

Im Gegensatz zu unseren Lehrern aus den unteren Klassen in der Volksschule!

Der Lehrer Billstein, der war harmlos und wusste noch nicht, wo es langging. Die andere Lehrerin hieß Fräulein Balzer. Sie lebte mit ihrer Schwester Lenchen und dem Hund Teddy in der Schmittgasse und war eine kleine, schmächtige Frau mit einer Knotenfrisur, die irgendwo immer unruhig herumwuselte. Wir nannten sie nur *Klein-Tinchen*. Bei der mussten wir fromme Zeitungen austragen: *Der Jesusknabe* und *Die Stadt Gottes* oder etwas Derartiges. Dann haben wir uns dazu gemeldet: *„Frollein, Frollein, dürfen wir die Zeitungen verteilen!?"* Und dann hatten wir *Klein-Tinchen* schon mal im Sack und auf unserer Seite.

Schulspeisung

Gleich vom ersten Schuljahr an bekamen wir mittags eine Schulspeisung. Das war eine Spende für uns Kinder. Die war umsonst. Jedenfalls wurde mittags eine große Bank auf dem Schulhof hingestellt und da drauf kam ein Riesenpott mit Essen. *(Ob das im Kloster gekocht wurde, weiß ich nicht)*. Dann standen wir alle brav in Reih und Glied für Essen an. Alle sehr diszipliniert. Jeder hatte sein Essgeschirr dabei, irgendein Pöttchen. Wenn man dran war, kriegte jeder eine große Kelle in sein Gefäß. *Isch hadd uch eklee Pöttsche bei middenem Henkel drahn undenem Deckel drop. (Ich hatte auch ein kleines Töpfchen dabei mit Henkel und einem Deckel drauf)*. Das Essen war warm, meistens eine Suppe oder ineinander gekochtes Gemüse. *Jemöös,*

Jemöös, Jemöös! Fleesch haddisch do nie drin jesinn! Jeschmeck häddet äwer!) (Gemüse, Gemüse! Fleisch hab ich nie drin gesehen. Aber geschmeckt hat es!) Dazu gab es Kakao! Er war ein bisschen wässrig, aber der hat auch nix gekostet. Außerdem war er warm und hat uns allen ganz ausgezeichnet geschmeckt. Später gab es auch noch Care-Pakete für uns Kinder von den Amis. Die kamen immer als große Überraschung. In jeder Klasse wurde eins von den Paketen in die erste Bank gestellt und dann gemeinsam geöffnet. In den Paketen waren immer Kekse und Schokolade. Zu unserer großen Freude! Die Schokolade war quadratisch *(wie die Ritter Sport Schokolade)* und jeder bekam eine ganze Tafel und die Kekse die waren weiß und steinhart. Aber die haben gut geschmeckt. Ich glaub, die gibt's gar nicht mehr!

Evangelisch

Nach Kriegende kamen die Flüchtlingskinder aus Schlesien und Pommern zu uns in die Schule. Wir hatten auch fünf Stück in der Klasse. Und die anderen Klassen hatten auch welche, die waren ja alle unterschiedlich alt. Die aus Schlesien kamen, waren ja auch katholisch, aber die Pommern waren alle evangelisch. Wenn wir Religion hatten, dann gingen die raus und haben auf dem Schulhof ihren Fez gemacht. Haben die Mülltonne genommen und die unters Klassenfenster gestellt und sich dann hochgezogen. Und wir saßen ja drinnen und mussten hören, was der *Pastur* sagte. Und die Evangelischen haben da draußen Männchen gemacht. Und da bin ich nach Hause gekommen und hab gesagt: *„Ich will evangelisch werden!"* Weil ich das so schön fand. Da war bei uns zu Hause natürlich Holland in Not!

Aber komisch, wir untereinander haben nachher gar nicht mehr gewusst, ob einer evangelisch oder katholisch war. Nur bei der Messe fiel das auf. Wir hatten ja ein Mal oder zwei Mal in der Woche Schulmesse morgens. Aber sonst? Nä!

Die erste evangelische Kirche war in Porz die Lukas Kirche. Sie liegt gegenüber dem ehemaligen Lindenhof. Das war ein wunderbares Lokal mit großen Bäumen, Biergarten und Blick auf den Rhein, das leider abgerissen wurde. Jetzt steht da ein Hochhaus mit einem großen Lokal im Parterre, in dem dauernd wechselnde Restaurants ihr Glück versuchen. Zurzeit heißt das Lokal, das von der Corona-Krise erwischt wurde: „Schau mal R(h)ein"! Ob das Corona überlebt ist fraglich!

Die Kirschen aus Nachbars Garten

Unser Garten war zwar groß und da waren viele Obstbäume drin, zum Beispiel: Äpfel, Birnen, *Prumme (Pflaumen)*, aber leider nur Sauerkirschen, Schattenmorellen. Alles nur Schattenmorellen! Die Süßkirschen klauten wir beim Roth, der Gärtnerei in Oberzündorf. Der hatte die ganze Straße lang Kirschbäume gepflanzt, lauter Süßkirschen. Und wenn die dann alle blühten, das sah herrlich aus! Die ganze Straße entlang, die heute vom Schwimmbad am Friedhof vorbeiführt, war ein einziges Blütenmeer! Jedenfalls wenn die Kirschen reif waren, sind wir immer zum Roth hin und haben da die Kirschen geklaut. Der konnte von oben, von seinem Haus aus, sehen, wie wir unten auf der Straße Kirschen klauten. Der hat *je-schandt*! (geschimpft) Wir sind dann abgehauen, hatten aber die ganzen Taschen dick voll Kirschen und haben die anschließend alle aufgegessen. Dann wieder hin zum Klauen. Dicke, rote Kirschen – bis zum Abwinken!

Da hatten wir natürlich nachher doch ein schlechtes Gewissen. Wir haben uns damit gequält und gequält. Die Sünde lag schwer auf unserer Seele,

79

bis uns eine Idee kam. Uns fiel nämlich das Päterchen ein. Der kannte uns ja gar nicht! Der konnte doch nicht richtig sehen und der hörte doch auch fast nichts! Also ideal zum Beichten!

Wir hin zum nächsten Beichttermin vom Päterchen. Ich in den Beichtstuhl rein. Da fragte der nach meinen Sünden.

Sagt er: „Nun, mein Kind…?"

Ich sage: „Herr Pater, ich habe Kirschen *gekläut*!"

Da fragte der: „Wieviel Pfund?"

Der hatte das gehört! Mir blieb die Luft weg.

Und ich hatte das doch so leise gesagt!

Und er hatte das alles verstanden! Fragt der, wieviel Pfund!

Un mir hatte doch öfters die janze Täsche volljemaht!
(Und wir hatten oftmals die ganzen Taschen vollgemacht!)

Was ich für eine Buße tun musste, das weiß ich nicht mehr. Aber der Schreck ist mir noch lebhaft im Gedächtnis geblieben.

Das Bönnewasser

Die Winter waren eisekalt. Wenn Eis war, dann war unten das *Bönnewasser* zugefroren. Eigentlich war es das Binnen-Wasser vom Rhein, aber wir sagten immer *Bönnewasser* dazu. Das Bönnewasser war das Bönnewasser! Das waren die beiden verbundenen Seen der Groov, die es heute noch gibt. Früher gab es ja oft kalte Winter, mindestens 10 bis 12 Grad minus. Wir hatten Eisblumen an den Fenstern. War ja alles nur Einfachverglasung. Da waren die Eisblumen innen und außen am Fenster festgefroren. Es zog durch die Fenster wie Hechtsuppe. Deshalb hatten wir immer irgendwelche Lappen davor gestopft.

Na, jedenfalls nach der Schule ging es dann:
„Lossmer ens luure, ob dat Bönnewasser träch!" (Lass uns mal sehen, ob das Bönnewasser trägt)
Alle Mann nach der Schule los. Ich war ja immer mit an erster Front dabei.
„Mir jonn nom Bönnewasser. Wir müsse dat ma kucke!"(Wir gehen ans Bönnewasser mal gucken)
Erst wurden Steine drauf geworfen. Das Eis hielt! Größere Steine drauf geworfen. Eis hielt! Wir hatten ja alle Trainingshosen an mit unten einem Gummizug drin. Aber wir Mädchen mussten da noch einen Rock drüber tragen, immer den Rock drüber, und dann Jacke, Mütze wie die Jungs auch.

Jedenfalls das Eis hielt so einigermaßen und dann hieß es:

„Jo, wer jeiht dann dat ihrts drop?" (*Ja, wer geht dann zuerst drauf?*

Ja, die Jungens gingen! Die haben sich zuerst getraut, gingen aber auch gleich wieder runter. Und ich wollte mich ja mehr trauen als die. Da bin ich dann auf dem Eis weitergegangen – weitergegangen und dann – krach – und rein – bis zum Knie ins Wasser: Schuhe nass, Trainingshose nass, Rock, alles nass!

Und draußen Frost! Minus 12 Grad! Ich raus aus dem *Bönnewasser* mit den nassen Klamotten; die Hose fing direkt an zu frieren. Und ich musste doch nach Haus von der Schule mit dem Tornister und allem!

Und da bin ich so breitbeinig nach Hause gegangen, *als hätt isch de Botz voll,* (*als hätte ich die Hosen voll*) weil alles steifgefroren war. Da war aber der Ärger zu Hause schon vorprogrammiert!

Zuerst kriegte ich *se jeschandt* (*geschimpft*) und dann alles *usjetrocke* (*ausgezogen*).

Wir hatten in der Küche so einen Herd. Da konnte man die Klappe vom Backofen aufmachen zum Wärmen. *Un do kritt isch die Fööß erinjestopp.* (*Und da*

82

wurden meine Füße reingestopft) Ich war ja eisekalt! Und die Füße taten weh beim Auftauen!
Auwieh, auwieh! Und dann war es auch wieder gut!

Schlittschuhlaufen

Und ein paar Tage später da hielt das Eis. Da ging das direkt wieder los. Sofort!
Da hatten wir ja noch so Schlittschuhe, die unter die Schuhe geschraubt wurden. Die musste man dann mit so einem Schlüssel festziehen.
Jedes Jahr hatten wir Eis! Und das Eis war blitzeblank. Dann hieß es:
„Jo, wann treffe mir uns dann?"
„Jo, wemmer de Aufjaab gemaht hann!"(Ja, wenn wir die Aufgaben gemacht haben)
Da mussten ja erst noch die Aufgaben gemacht werden. Und dann war schon drei Uhr. Dann ging das aber los! Alle Mann auf das Eis! Waren alles nur Schulkinder. Vom ersten Schuljahr an. Wir hatten alle Schlittschuhe zum *Ungerdriehe. (Un-terschrauben)* Die Jungens die spielten schon mal Hockey. Aber wir Mädchen sind immer nur hin und hergelaufen, man musste ja in Bewegung bleiben,

83

es sollte uns ja nicht zu kalt werden. Es wurde dann auch schon früh dunkel! Und wir sind gemahnt worden: *„Wenn et lück, dann musste hehmkumme!"* *(Wenn es läutet, must du heimkommen)*

Und dann haben wir immer gehorcht:

„Häddet jelück? Nä, et hätt noch nit jelück!" *(Hat es geläutet? Nein, es hat noch nicht geläutet)*

Und wenn es dann soweit war, hab ich bei Onkel Peter *(das war mein Patenonkel)* und Tante Lina im Hof, wo das Scheunentor ist, die Schlittschuhe hingelegt. Die Schlittschuhe blieben dann bei Tante Lina. *(Das war da, wo heute das Lokal Landhaus ist. Und die Theke im Landhaus war die Küche von Tante Lina).* Da brauchte ich die schweren Dinger nicht immer mitzuschleppen. Und dann durfte ich nochmal zu Tante Lina reinkommen – zum Aufwärmen. Da kriegte ich von ihr noch eine Tasse heißen Kakao und dann bin ich nach Hause gegangen.

Und am nächsten Tag ging das wieder von vorne los! Jeden Tag! Ja, so war das!

<u>Schlittenfahren</u>

Schlittenfahren war aber genauso prima. Da konnte man von oben von der Straße her den Berg runter bis aufs Eis der Groov fahren. Wenn das Hochwasser gefroren war, sausten wir bis mitten auf den See.

Manchmal sind wir aber auch die kleine Enggasse runtergefahren. Die geht ja sehr steil!

Drei oder vier Schlitten aneinander gehängt als Bob und dann da runtergebrettert. Das war ziemlich gefährlich. Deshalb sind wir meistens die anderen Schlittenbahnen gefahren: die Marktstraße oder den Burgweg runter. Nachher war da alles total vereist!

Einmal – das vergesse ich nie – da sind wir mit den Schlitten den Burgweg runter. Da kam ein Herr, der wohnte da am Markt, wo die Fischers früher gewohnt haben, jedenfalls der ging immer den Berg rauf zum Milch holen beim Bauer Voosen – abends so gegen hab sechs.

Herr Voosen hatte einen Bauernhof mit Kühen und Schweinen und betrieb zusätzlich einen Handel mit Kartoffeln und Briketts. Die schleppte er auf seinem Rücken in die Keller der jeweiligen Leute. Später betrieb sein Neffe in dem Haus die Gärtnerei Thombes direkt gegenüber der Kirche.

Jedenfalls, der Mann mit seinem Milchkännchen war schon älter und der quälte sich den Berg hoch. Wir sind immer *wigger der Beresch eraff un*

85

errunder jefahre. (immer weiter den Berg herauf und herunter ge-fahren) Das war alles eine Eisbahn – spiegelglatt!

Aber der Mann musste ja da hoch wegen der Milch. Und der hat sich da so an der Seite hoch-gequetscht. Ist auch hochgekommen, hat die Milch geholt, aber dann musste der ja auch wie-der runter. Da ist der mit dem Kännchen gegan-gen – auf die andere Seite – vorsichtig und los… langsam, langsam…

Auf einmal eine Schreierei! – Da kamen wir mit drei Schlitten aneinandergehängt angerast – ich vorne auf dem Bob als Gewicht. Müllers Jupp – *isch meen, er wöret jewesse* – (ich meine, er wäre es gewesen) lag vorne auf dem Bauch zum Lenken. Aber der konnte den Schlitten nicht mehr halten! Da sind wir dem Alten voll in die Hacken gefahren. Die Milchkanne flog in hohem Bogen, der Mann knickte ein und saß auf dem Schlitten! Die Milch weg, *der Ahl op demm Schlidde un af jingk de Poss!* (der Alte auf dem Schlitten und ab ging die Post)

Wir haben uns alle kaputt gelacht.

Da waren wir so um die zehn Jahre alt und der Mann war so an die siebzig.

Aber natürlich hatten wir auch Schiss und sind mit den Schlitten getürmt!

Familie Augstein

Die Alten – da wohnten ja nur *ahl Lück* (alte Leute) im Burgweg und auf der Marktstraße – die trauten sich alle nicht raus, wenn wir da gerodelt haben. Abends gingen die dann hin, die Alten, und haben unsere Schlittenbahnen gestreut mit Asche aus dem Herd. Aber wir sind ja nicht dumm gewesen! Wir haben dann wieder Wasser drauf geschüttet und da war das am nächsten Tag wieder blank!

In dem großen Haus mit Gehöft in der Marktstraße wohnte die Familie Augstein. Eine sehr reiche Kaufmanns-Familie. Von ihrem Haus in der Marktstraße, einem großen Anwesen, führte ein unterirdischer Gang unter der Enggasse hindurch bis zum Kloster. Dort wurde im Zweiten Weltkrieg der *Domschatz* zu Köln eingelagert. Außerdem hieß es, dass auch der *Heilige Rock aus Trier* zur Sicherheit dort hingebracht worden wäre. Jedenfalls wird der Familie Augstein heute noch mehrmals im Jahr in der Pfarrkirche eine Stiftungsmesse gelesen.

Ich kann mich auch noch gut an das Fräulein Augstein mit ihrer Gesellschaftsdame Maria erinnern. Wenn die im Winter zur Frühmesse zur Kapelle ins Kloster gingen, lag ja meistens Schnee und es war dunkel. Dann ging das Fräulein Maria mit der Laterne voran und hat dem Fräulein Augstein geleuchtet, damit es nicht ausrutschte.

Die beiden Damen wohnten später ganz allein in der Marktstraße in dem großen Haus. Und nach dem Tod von Fräulein Augstein hatte Fräulein Maria das alleinige, lebenslange Wohnrecht im ganzen Haus geerbt.

Sie fand dann eine Anstellung bei Doktor Poischen in der Praxis als Arzthelferin. *(Er war früher der einzige Arzt in Zündorf und Umgebung)* Aber zum Schlafen ging das Fräulein Maria immer nach Hause auf ihr Anwesen in der Marktstraße.

Drei Bällchen Eis

Mein Bruder und ich bekamen bei Doktor Winkler Höhensonne verschrieben, weil wir ein bisschen mickrig und blass waren. Da hatten wir vier Hühnereier dabei für den Doktor als Bezahlung für die Behandlung und dann kriegten wir jeder 30 Pfennig für die Straßenbahn. 15 Pfennig für Hin und 15 Pfennig für Zurück. Aber wir gingen natürlich zufuß – immer den Schienen nach. Die Schienen waren ja eingleisig und da *simmer immer drübberjejange. Do wore mer jo schnell do – im Rubbedidubb.* (Sind wir immer drübergegangen. Da waren wir schnell da – im Rubbedidub) Wenn eine Bahn kam, hat die schon von weitem gebimmelt! Wir sind runter von den Schienen, rein in den Graben und wenn die weg war, wieder rauf auf die Schienen bis zum Doktor. Der hatte eine runde Spezial-Lampe, riesengroß. Da lag zuerst mein Bruder drunter und dann ich. Fertig! Und nach der Behandlung sind wir dann gleich ab mit den 30 Pfennigen zur Eisdiele Pra. Das war die erste italienische Eisdiele in Porz. Und das war ein super Eis und kostete 10 Pfennig das Bällchen. Da hatte dann jeder 3 Bällchen Eis. Wir kamen uns echt vor wie an Weihnachten! Aber das durfte natürlich keiner wissen, dass wir die 30 Pfennige einfach so verfressen hatten.

Fronleichnam

Bei Fronleichnam haben wir alle von der Schule aus Blumen gesammelt zum Streuen. Da gab es einen Mann, den Herrn Kartrus. Wo der herkam, das weiß ich nicht, aber seine Tochter, die Adine, war bei mir in der Klasse. Die trug seit ihrer Einschulung immer eine kleine Brille. Die Adine war richtig süß, und so lieb und ruhig und so friedlich. Und ihre Mutter hatte sie mit dreiundvierzig Jahren noch gekriegt, hat man erzählt. Und die Eltern Kartrus waren so überglücklich, dass sie das Adinchen hatten. Das Adinchen ist früh gestorben. Sie ist mit ihrem Mann nach Bayern gezogen und das hat wohl nicht so richtig geklappt in der Ehe dort.

Um auf den Anfang zurückzukommen, Adines Vater, der Herr Kartrus, war im Gut Kellinghausen Gutsverwalter (*da wo heute der Turmhof ist*). Damals hatte ja jeder große Gutshof einen Verwalter. Der Turmhof war das Gutshaus von Kellinghausens. Die hatten da Bedienstete und wirtschaftliche Gebäude und dort, wo die ganzen Häuser (*im Courths Garten*) jetzt stehen, waren Wiesen mit Kühen drauf und Pferdeställe und alles. Und auf der anderen Seite der Hauptstraße, (*wo jetzt die Pizzeria ist*), das waren auch alles Wiesen und Felder von Gut Kellinghausen.

Jedenfalls kam Herr Kartrus irgendwoher, wo es bei Fronleichnam Brauch war, Blumen zu legen. Er hatte so Schablonen dafür. Damit legte er wunderbare Muster und Formen. Wir Schulkinder mussten dann so Symbole herumtragen, mal ein Lämmlein, mal eine Jesusfigur oder ein Kreuz oder so. Einmal ging ein größeres Mädchen in der Mitte der Prozession und hielt einen langen Stock. Da waren überall Papierblumen dran, lauter Rosen und Lilien. Und an jeder Ecke war ein Band, das man halten musste. Da gingen vier Mädchen – ich war mit dabei – und hielten an jeder Ecke das Band, so dass das wie ein Himmel war. Das war großartig! So gingen wir dann mitten in der Prozession. Wir hatten auch Musik dabei. *Tröte Musik*. Unterwegs wurden Kirchenlieder gesungen und gebetet, gebetet, gebetet – alles beim Gehen. Immer den Rosenkranz, immer den Rosenkranz, zum hundertsten Mal. Zehn Mal *Gegrüßet seist du Maria* und dann segnen, dann nochmal zehn Mal und das Ganze fünf Mal. Und dann bekreuzigt man sich und alles wieder von vorne.

Gegrüßet seist du Maria, voll der Gnade. Du bist gebenedeit unter den Weibern (damals sagte man noch: Weibern) *und gebenedeit ist die Frucht deines Leibes. Heilige Maria, Mutter Gottes bitte für uns Sünder, jetzt und in der Stunde unseres Todes. Amen.*

So betend sind wir durch das ganze Dorf gegangen von der Pfarrkirche an. An den Häusern entlang hatten manche Leute Zieraltäre aufgestellt. Wir hatten auch einen, den schmückte meine Mutter immer. Um unser Gartentor rankte sich ein Rosenbogen mit lauter roten Rosen dran. Meine Mutter stellte eine Treppe mit drei Stufen vor das Tor, deckte eine weiße Zierdecke drüber und stellte lauter Vasen mit roten Rosen drauf. Und ganz oben auf einer Empore stand die Mutter Gottes mit dem Jesuskind. Das machte meine Mutter immer ganz großartig! Aber manche Leute stellten auch bloß ihr Figürchen ins Fenster.

In Zündorf gab es vier Stationen, an denen die Prozession an schön geschmückten Altären Halt machte. Der erste Altar war am Broicherhof. Dort blieb der Pastor stehen und vier Männer hielten die Monstranz mit dem Himmel über ihn. Dann wurde aus dem Evangelium gelesen und gebetet und der Pastor gab seinen Segen. Dazu mussten wir uns alle hinknien! Alle, die konnten, haben da gekniet. Da waren viele Leute mitgegangen! Danach wiederholte sich die ganze Prozedur am Wermeshof. Am Börschhof war dann der dritte

Halt und der letzte war am schön geschmückten Altar beim Bäcker Platz *(heute gegenüber von Rewe)* Das Kreuz steht ja noch da.

Da gab's dann zum vierten Mal den Segen. Dann ging das ganze Gedöns wieder zur Kirche. Und dann wurde da wieder gebetet und alles in die Kirche rein. Dann wurde wieder der Segen gespendet und dann ging es dann nach Hause. Und da war es 12:00 Uhr Mittag. *Da worste von aach Uhr ahn jeloofe! Do hattemer äwer de Nas voll!* *(Da warst du von acht Uhr an gelaufen! Da hatten wir aber die Nase voll!)*

Fronleichnam war für uns Kinder eine Pflicht. Als Kommunionskind da mussten alle mit der Prozession mitgehen. Die Jungens in ihren schwarzen Anzügen und die Mädchen in ihren weißen Kommunionskleidern. Aber die waren damals ja noch nicht so pompös wie heute! Ich hatte auch das dritte abgelegte und ausgeliehene Kommunionskleid an. Ich fand es trotzdem schön!

Leider kriegte ich nur noch eine Jungenskerze mit Grünzeug, weil ich spät dran war. Die Kerze für die Mädchen hatten alle weiße Blumenkränzchen dran! Ja Pech!

Die Schulzeit

Fotos

Abb. 17   Kinder aus der Kinderverwahranstalt des Klosters

95

Abb. 18   Stallschwester mit Waisenkind

Abb. 19 Vor der alten Schule. *(Ganz links dat Annemie, ich in der Mitte.)*

Abb. 20 Mein drittes Schuljahr. Da durften wir alle mal auf der Vespa sitzen zum Fotografieren.

98

Abb. 21　　　　Im Garten mit Rex

99

Abb. 22 Die Strickjacke war in Lila und ich habe sie gehasst.

100

Abb. 23 Abschlussklasse meines Bruders (ganz links)

101

Abb. 24 Meine Kommunion 1951 mit Jungenskerze und Grün.
(Die anderen Mädchen hatten alle Blümchen!)

102

4

LEHRJAHRE

Katholisches Mädchen-Bildungswerk

Als ich aus der Schule rausgekommen bin, war ich schon fünfzehn. Das kam daher, dass ich ein Jahr später zur Schule gegangen bin, weil *dat Annemie*, ein Jahr jünger war als ich.

Jedenfalls habe ich mir dann überlegt und Gedanken gemacht, was ich werden könnte. Zu der Zeit, als ich aus der Schule kam, da gab es nur Friseuse, Verkäuferin oder Büro. *Dat Annemie* ist ja dann Verkäuferin geworden. Das wollte ich aber nicht! Deshalb bin ich auf die Haushaltungs-Schule gegangen nach Köln. Am Sachsenring! Auf das katholische Mädchen-Bildungswerk! Da bin ich dann ganz alleine hin, immer mit der Straßenbahn P, heute die Linie 7. Aber die Schule musste natürlich auch bezahlt werden! Meine Eltern haben jeden Monat dafür gezahlt.

Zum Gymnasium gingen bei uns nur die Bauernkinder. Die bezahlten mit Eier, Butter, und Käse. Und die waren alle so dumm! Die Lehrer haben sie aber alle irgendwie durchgebracht! Da war auch schon mal eine Gans zu Weinachten fällig!

Jedenfalls, ich bin nach Köln gegangen an den Sachsenring, da an die Schule. Die besteht heute noch, eine streng katholische Schule von der Kirche. Aber da musste ich auch erstmal eine Aufnahmeprüfung machen. Die hatte ich dann aber bestanden.

Das erste Jahr war ein Haushaltungsjahr, um den Haushalt zu lernen. Aber Mathematik, Schreiben und all diese Fächer gab es auch, aber eben auch Kochen und alles was dazu gehörte. Wir hatten auch eine Küche da und was weiß ich noch alles! Also was den Haushalt betraf, war alles vorhanden.

Linksstrümpfe und Quetschfrisur

Und dann kam ja das auch mit der Aufklärung! Ich war ja so dumm! Ich wurde ja nicht aufgeklärt oder was. Ich wusste von nix!

Und da auf der Schule, das waren ja kölsche Mädchen und die waren ja ganz anders wie ich vom Land. Die waren alle aufgeklärt. Die waren auch anders angezogen wie ich. Die kamen schon in Strümpfen hinten mit Nähten und so. Und ich kam da mit meinen weißen Kniestrümpfen anmarschiert. Ach, das war eine Katastrophe!

Aber nachher hatte ich mir dann die dünnen Strümpfe angezogen, Kniestrümpfe drüber und in der Straßenbahn ausgezogen. Hatte dann wenigstens in der Schule dünne Strümpfe an.

Und dann kamen die Mädchen alle an mit kurzen Haaren.

Aber Haare abschneiden? Das gab es ja gar nicht!

Ich hatte einfach einen Pferdeschwanz. Heute ist das ja wieder modern. Ich hatte ja so viele Haare damals, auch alle Natur. Aber damals trugen sie alle kurze Haare. Und ich hätte auch gerne welche gehabt. Ich mochte das, fand ich toll!

Aber eines Tages dann doch, da hat meine Mutter sich weichklopfen lassen, weil ich ihr immer in den Ohren gehangen habe: *Ich will die Haare abgeschnitten haben.*

Da sagte sie: *„Morgen kommt die Frau Zupfer Haare schneiden!"*

„Um Joddes Wille, nä! Nit die!" (Um Gottes Willen! Die nicht!)

Früher kam immer die Frau Zupfer zu uns nach Haus, Haare machen. Die hat mir schon als Kind die Haare geschnitten. Aber die wollte ich nicht. Die nannten wir sowieso bloß *Butzeliesa.* Ich wollte zum richtigen Friseur.

Da hat meine Mutter gesagt:

„Na gut, dann ab zum Kreuder!"

Der Salon Kreuder war der erste Friseur in Zündorf!

Der war damals in der Enggasse in dem Haus, das nachher die Frau Dr. Becher gekauft hat.

Am Samstagmorgen stellte der in der Enggasse die ganzen Stühle raus. Dann saßen die Alten die ganze Enggasse lang, so überlaufen war das da. Die wollten ja alle ihre Quetsch-Wellen schön gemacht kriegen. Onduliert! Und die mussten lang warten, bis sie drankamen! Die hatten ja auch nichts Besseres vor!

Aber zu den alten Leuten mit der Quetschfrisur da wollte ich auch nicht hin!

Der Kreuder hatte aber eine Tochter, die Cilly. Da wollte ich hin!

Die war auch Friseuse und hatte einen Friseurmeister geheiratet namens Hörth. Und die hatten zusammen in der Hauptstraße den *Friseursalon Hörth* aufgemacht. Der war schick und modern. Aber auch teuer!

Schließlich hat sich meine Mutter erbarmt und wir sind zum neuen todschicken Friseursalon gegangen Haare abschneiden. Jedenfalls, ich hatte schon mal die Haare ab, wenn auch erst mal halblang. Und das sah auch sehr gut aus.

Dauerwelle

Ja und dann später kam das Thema mit den Dauerwellen. Wenn die immer mit den Röllchen aufgerollt wurden und so. Dauerwellen fand ich einfach unwiderstehlich.

Aber ich musste wieder erst meine Mutter fragen. Da war ich aber dann schon älter, ich glaub, ich wurde schon 17. Da ging meine Mutter noch mit

mir einkaufen. Bekleidung! *Jacobi, immer Jacobi! Dunkelblauer Mohair Mantel.*
Das hat man einfach damals so hingenommen. Keine Widerrede!

Ich hab also wegen der Frisur gequengelt: „All hanse Bubbikopp, nur isch nit! Isch moss mit der lang Zöpp no Kölle loofe!" (alle haben Bubikopf nur ich nicht, Ich muss den langen Zöpfen nach Köln!) *Wie Klein-Doofi…*
Meine Mutter war zunehmend genervt! Und irgendwann sagte sie:
„Dauerwellen? Naja, gut, also Dauerwellen!"
Wir hin zum Salon Hörth! Da hatte ich meinen Willen durchgesetzt!
Ich kriegte meine Dauerwelle und alles war schön!

Aber eines Tages, auf dem Weg nach Hause, fing es an zu regnen. Ich hab mir nix dabei gedacht und bin im Regen rumgelaufen! Da hatte ich nachher so einen Kopf! Den kriegte ich gar nicht mehr frisiert. Ich hatte doch keine Erfahrung damit! Ich habe gedacht, Herr im Himmel, *wat is dat dann?!* (was ist das denn?)

Da hab ich die ganze Nacht im Bett gesessen und immer über die Haare gestrichen und gebürstet. Die wurden nicht mehr glatt! Ich hatte doch keine Ahnung!

Und dann bin ich gleich am anderen Tag zum Hörth. Ich sage:

„Hörrense ens, wat is dann mit denne Dauerwelle loss?" (Hören Sie mal, was ist denn mit diesen Dauerwellen los?)

„Jo, bisste nass gewudde?" (Ja, bist du nass geworden?)

„Jo, worüm…"? (Ja, warum?) Da lachten die alle.

Und die Frau, ich weiß nicht mehr, wie sie hieß, hat gesagt:

„Jo, isch kann nur eins maache, janz kuhrt schnigge!" (Ja, ich kann nur eins machen, ganz kurz schneiden)

Das habe ich auch über mich ergehen lassen. Ohne wen zu fragen.

Ich dachte: *Nur die krause Dauerwelle raus. Egal wie kurz!*

Nachher sah ich trotzdem ganz nett aus. Ich hatte ja doch ein klein bisschen Naturkrause. Aber ich war dann doch froh, als die Haare wieder etwas länger waren.

Die Schmerenbeckschule

Da hatte ich mich mit der Christel Krug ange-
freundet. Christel Krug war ein Kopf kleiner als
ich, aber genauso alt wie ich. Und schüchtern! Ich
kam ja auch vom Land und war schüchtern, aber
so schüchtern wie die war, da war ich ja schon
lebhaft dagegen. Und die hat sich auch direkt an
mich geklammert. Ich mochte sie ja auch und
dann waren wir beiden eben immer zusammen.
Später bildeten sich aber auch noch andere
Freundschaften heraus. Da hatten wir so eine richtige Viererbande. Maria Köppinger, Karin Frauen-
rath, Ursula Hein und ich. Wenn einer was aus-
geheckt hatte, waren wir alle vier daran beteiligt.
Und die Viererbande war dann immer so ein klein
bisschen eifersüchtig, wenn Christel dabei war.
„Jo, is dat Christel ad widder dabei?" (Ja, ist die Christel
schon wieder dabei?)
Ich sagte dann: *„Is doch ejahl, loss et doch!"* (Ist doch
egal, lass sie doch!)
Da haben wir viele Streiche gemacht. Und für die
meisten war Christel eh zu bang.

Blockschokolade

Wir hatten da eine Lehrerin, bei der wir Kochen und Backen hatten. Und in der Vorratskammer sollten wir was holen zum Plätzchenbacken. Also gut! Maria ging in die Vorratskammer, kommt wieder raus, sagt sie:

„Do litt Blockschoklad! Brengste mir ä Stöck mit?" (Da liegt Blockschokolade! Bringst du mir ein Stück mit?) Ich (wir hatten alle weiße Schürzen an) in die Vorratskammer rein, hab ein gutes Stück Schokolade abgebrochen und heimlich in die Tasche gesteckt.

Ich sage: *„Heh, Maria, för disch!"* (Hier, für dich, Maria!)

Da hatten wir dann jede ein Stück Schokolade im Mund und aufgegessen. Ich habe aber nicht gemerkt, dass ich noch ein Stück Schokolade in der Schürzentasche hatte. Und allmählich fing die Schokolade in der Tasche an zu schmelzen, sodass ein großer Schokoladenfleck von außen auf der Schürze zu sehen war.

Das Fräulein Kriegel, so hieß die Lehrerin, starrte auf die Schürze:

„Wo hast du den Fleck her?"

Ich sag: *„Das kann ich mir überhaupt nicht erklären, Fräulein Kriegel! Ich kann mich überhaupt nicht erinnern, woher ich den habe!"*

Und die Maria hat die Luft angehalten und mit den Augen gerollt.

Auf jeden Fall kriegte die Lehrerin das dann doch raus und ich hab auch zugegeben, ich hätte Schokolade genascht.

„Gut", sagte sie, „du weißt ja, was auf dich zukommt! Du bleibst bis zum Schluss und musst die ganze Küche putzen."

Das mussten immer alle, die nicht aufgepasst oder was ausgefressen hatten, all die mussten dann nach Schulschluss die Küche putzen.

Das Ehrenamt

Wir mussten Samstag – *wir hatten ja auch samstags Schule* – alle in die Aula zur Besprechung. Das nannte sich *„Wochenende"*.

Also jeden Samstag war *Wochende!*

Das nennt sich heute immer noch *Wochenende*.

Da wurden wir eingestimmt auf Kirche gehen und alles was das Christliche betraf. Unter anderem wurde da auch die Einteilung der Ehrenämter gemacht. Wir kriegten alle in der Schule ein Ehrenamt zugeteilt, das wir dann auch ausführen mussten. Christel und ich bekamen das Blumen-Amt zugeteilt. Das konnte man sich aber nicht aussuchen oder ablehnen. Das Ehrenamt war eben halt das Ehrenamt! Also unsere Aufgabe war, alle Pflanzen zu gießen in der ganzen Schule und das waren viele.

Und ein großer Gummibaum stand in der Aula!

Jedes *Wochenende* saß das Fräulein Reif am Piano und hat gespielt! Wenn die schon ankam, hatte ich schon die Nase voll. Die kam mit ihren Absätzen angeklappert, Busen hochgeschnürt, die weißen Haare hinten zu einem Knutz gebunden und immer ein langes Kleid an. In der Schmerenbeck-schule d*a woren fröher all esu Juffere! (da gab es früher all solche alten Jungfern).*

Dann haben wir alle gemeinsam gesungen.

Danach betrat Frau Schmerenbeck die Bühne! Das war *ä su klee Fräusche (so ein kleines Frauchen)* von ein Meter fünfundfünzig höchstens, ganz altmodische Frisur mit Knutz, und wieselich bis zum geht nicht mehr! Das kleine Persönchen, immer lange, dunkle Hängerchen an, stellte sich auf das Podest.

113

Weil die ja so klein war, stieg die auf das Podest! Und dann ging es los. Alle mit Ehrenämtern wurden aufgerufen und bewertet.

„Also, du hast das ja sehr gut gemacht!"

„Und du hast das auch recht ordentlich ausgeführt!"

„Mit dir bin ich nicht ganz so zufrieden!" und so ging das! Dann kam: „Christel Kummer und Margarete Baedorf, Ehrenamt Blumengießen!"

Da mussten wir beide antreten – rauf auf das Podest. Als wir dort hochgingen, war die Schmerenbeck auf dem Podest wieder am Wirbeln: Und wie sie wieder mit ihren Armen hoch und runter fuchtelte, da konnten wir sehen, dass die dicke Kniewärmer anhatte aus grauweißer Schafswolle. Als wir das sahen, mussten wir zwei so lachen!

Mir kritten uns jo nimmie in! (Wir kriegten uns gar nicht mehr ein!)

Aber die *ahl* (alte) Frau Schmerenbeck stand bitterböse auf dem Podest *un hät uns för all denne Lück rungerjeputz* (und hat uns vor allen Leuten runtergeputzt) Die hat uns fertig gemacht: Wir hätten den Gummibaum vertrocknen lassen!

Diese Blamage, nicht nur vor der ganzen Klasse sondern vor der ganzen Schule! Das war der An-

114

fang von Mobbing! Da waren wir aber bestimmt schon siebzehn oder achtzehn! Also das ist ja heutzutage gar nicht mehr möglich. Auf jeden Fall, wir beide, Christel und ich, wir waren fix und alle. *Un et Christel wor am kriesche!* (und Christel hat geheult!) Ich war auch ganz geknickt!

Wir hatten dann da die schwarze Karte! Den schwarzen Peter!

Das war die Aktion Gummibaum, das werde ich nie vergessen!

Ob sie uns das Ehrenamt dann entzogen haben, das weiß ich nicht mehr so genau. Aber danach hätten wir sicher immer fleißig gegossen, nehme ich mal an!

So funktionierte früher die die Erziehung!

Fronleichnam in Köln

Von der Schmerenbeckschule aus gingen wir alle Mann gemeinsam zur Prozession an Fronleichnam! Wir trugen alle das gleiche, also jedenfalls hatte jede Klasse ihr eigenes Outfit, sagt man heute ja. Einmal hatten wir zum Beispiel eine weiße Bluse und einen hellblauen Rock an. Haben wir selber genäht. Das war die Tracht von unserer Klasse.

In den höheren Klassen waren die Ansprüche dann schon größer. Sie machten den Rock unten mit Hohlsaum und die Blusen waren bunt bestickt. Jedenfalls gingen wir alle zusammen zur Fronleichnamsprozession in Köln.

Die ahl Schmerenbeck vörahn un mir all hingerher. (Die alte Schmerenbeck voran und wir alle hinterher)

Einmal sind wir auf dem Schiff gefahren auch am Fronleichnam. Da mussten wir in Mülheim eine Karte kaufen für die Gottestracht.

Aber am Roncalliplatz da kann man so hingehen und dort hält dann der der Kardinal umsonst eine Messe.

Maria in der Au

Exerzitien sind Einkehrtage von dem christlichen Glauben der katholischen Kirche her gesehen. Von der Schmerenbeckschule aus haben wir zweimal Exerzitien gemacht. Das waren immer so fünf, sechs Tage. Einmal sind wir in Maria in der Au gewesen in Altenberg. Und einmal waren wir in Schloss Heiligenhoven. Da war dann immer ein Priester dabei oder auch ein Pater.

Der Tagesablauf war: Morgens frühstücken und danach in einem Raum versammeln. Dann kam der Pater *un dä hät ons do jet verzallt. (Und der hat dann was erzählt)* Und danach hatten wir wieder ein bisschen Freizeit, das hieß soviel wie: Du sollst in dich kehren.

Aber wir waren siebzehn oder achtzehn. Wir haben doch da *Spökes jemaht. Mir han doch nit in uns jekehrt. (Unsinn gemacht. Wir haben doch nicht in uns gekehrt)* Das war doch Quatsch! Auf jeden Fall wir Vier *han Spökes jemaht* – in Maria in der Au. Das vergesse ich nie! Mir waren in der Kirche. Auf einmal hat dat Karin jesaht: *(…hat Karin gesagt)*

„Luurens do, do steht doch Wein! Messwein! In der Sakristei!" *(Schau mal da, da…)*

117

Und Ulla säht: *„Op mir dat ens probiere künnte?"* (Ob wir das mal probieren könnten)

„Jo", sag ich, *„holl se ens her die Flasch!"* (Ja, hol mal die Flasche her)

Da haben wir alle einen Schluck davon probiert und dann klammheimlich wieder weggestellt.

Da wusste kein Mensch was von, dass wir den Messwein getrunken hatten. Das war ja eine Sünde, die ich eigentlich lieber nicht gemacht hätte!

Schloss Heiligenhoven

Und einmal als wir in Heiligenhoven waren, das war bei Liblar, da hatten wir ein Vierbettzimmer, also immer zwei Betten übereinander. Da haben wir die Hochbetten nebeneinander geschoben und dann saßen wir alle vier da oben und keiner wollte nach unten gehen. Und die Ulla Heinen, die konnte schon rauchen, und die hatte Zigaretten dabei. Und da sagte sie:

„Baedorf, (das war ich) do häs doch noch nie jerauch!" (du hast doch noch nie geraucht!)

Und dann sagte ich: *„Nä, noch nie!"*

Da sagte sie: *„Kumm, do dehs jetz hee jet rauche!"* (Komm, du rauchst jetzt mal!)

118

Die kölsche Mädscher, die hatten ad all jerauch, nur isch noch nit. Jut! (Die kölschen Mädchen hatten doch alle schon mal geraucht! Nur ich noch nicht. Gut!)

Die Zigarette kam, die wurde auch angemacht. Ich musste sie in den Mund nehmen, hab geblasen, alles gut. Nix passiert!

„Nä", sagte Ulla, *„dat is doch nit rauche. Do muss dä Quallem tireck intrecke un dann blose!"* (Nein, sagte Ulla, das ist doch kein Rauchen! Du musst erst den Rauch einziehen und dann blasen!)

Ich hab gedacht, ich wär gestorben!

Ich hab den Husten gekriegt – ich hab echt gedacht, ich wäre gestorben!

In dem Moment kommt unsere Lehrerin herein, das Fräulein Sonntag.

Kütt die erinn, (kommt die rein) steht in dem Zimmer: *„Wer macht hier seine Rauchversuche?"*

Die roch das ja. *Isch nohm die Zirett un hanse in die Matratz jesteck.* (Ich nahm die Zigarette und hab sie unter die Matratze gesteckt) Das waren damals so Matratzen mit Rosshaar drin. *Dat fing ad ahn zo qualleme un die Ahl jink nit weg!* (Das fing schon an zu qualmen und die Alte ging nicht weg!)

Aber wir hielten alle dicht.

Am anderen Morgen – wir hatten solche Gewissenswisse!

119

„Nein!", sage ich. „Ich geh zur Sonntag hin. Ich kann das nicht auf mir lassen!"

Ich bin reumütig dahin gegangen, die drei anderen gingen dann auch mit, und dann hab ich dem *Frollein* Sonntag gebeichtet, dass ich es gewesen wäre, die geraucht hatte.

„Ja", sagte sie, „Ich wusste, dass es einer von euch war. Wenn ich das gestern rausgekriegt hätte, ich hätte euch noch am selben Abend alle nach Hause geschickt."

Wir standen dann alle da *un han bedröppelt jeluurt* (und haben bedrückt geschaut) und jede von uns hat Besserung gelobt.

„So", sagte sie, „also gut, ihr wart es alle! Ihr geht heute Mittag in die Küche. Küchendienst: Kartoffelschälen und spülen!"

Wir waren heilfroh, dass wir gestern Abend dichtgehalten hatten!

Denn wenn die uns alle vier nach Hause geschickt hätte, das hätte es einen Mordsärger zuhause gegeben!

Abb. 25 Müllers Käthi und ich als Farah Diba *(mit toller Frisur und Seehundschuhen)*

121

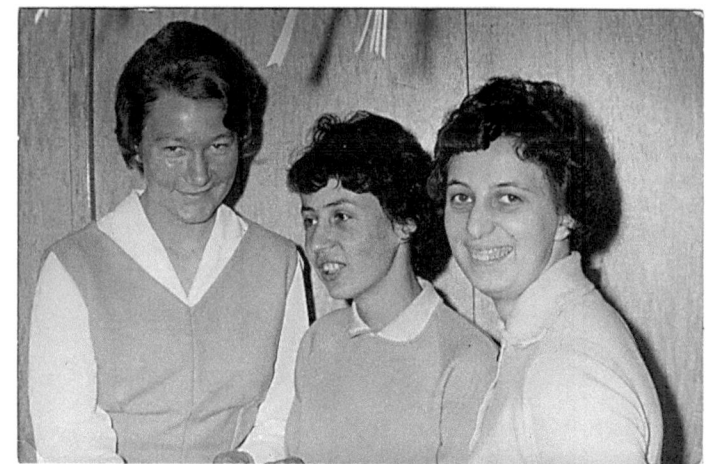

Abb. 26 Meine erste Kindergartenstelle 1961 in Porz Josefstraße

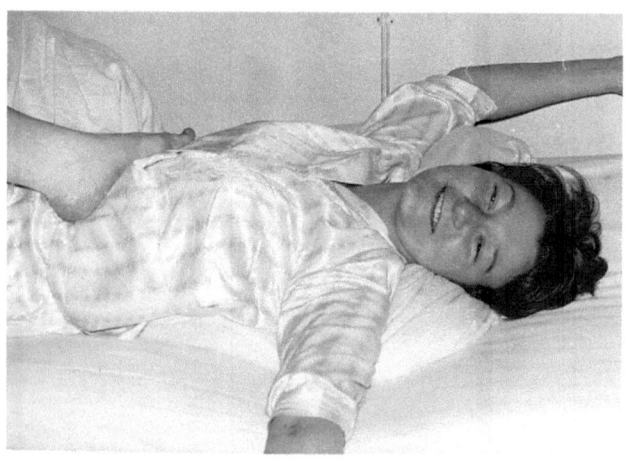

Abb. 27 Schwips mit Fuß an ungewöhnlicher Stelle

Abb. 28 Exerzitien in Maria In der Au im Schnee *(ich ganz rechts)*

Abb. 29 Unsere Karnevals-Clique angemalt und maskiert 1962

Karneval Rosenmontag

Fastalovend feierten wir normalerweise mit unserer Clique in Porz-Zündorf. Aber als wir dann älter waren, vielleicht siebzehn so, hatten wir uns vorgenommen nach Köln zum Rosenmontagszug zu fahren. Kostüme gab es bei uns noch nicht. Wir hatten Hütchen an, Schleifchen im Haar und alle schön geschminkt und angemalt. Fertig! Wir Mädels durften aber nicht alleine gehen, wir gingen immer im Rudel. Das heißt mit unseren Brüdern oder vertrauensvollen Bekannten. Müllers Katy hatte einen Bruder. Ich hatte einen Bruder und für Edith Kreuder hatten wir den Heinz Wieland mitgenommen. Insgesamt waren wir eine gemischte Clique von zehn oder zwölf Leuten. So fuhren wir mit der Linie P *(heute Linie 7)* nach Porz-Markt zum Postamt. Denn drei unserer Begleiter waren an der Post angestellt und mussten noch am Rosenmontag bis 11:00 Uhr arbeiten. Also mussten wir Mädels mit den anderen sowieso bis 11:00 Uhr auf sie warten. Dann stellte sich die Frage, wie kommen wir jetzt nach Köln in die Innenstadt. Die Bahnen fuhren nur bis Deutz, die Deutzer Brücke war gesperrt. Zum Glück war da ein Kollege, der war Paketfahrer und fuhr mit den gelben Postautos die Pakete aus. Der bot sich an:

„Jo, isch künnt üch fahre bis Düx." (Ich könnte euch bis Deutz fahren)

Das war natürlich das Richtige für uns. Die restlichen Pakete wurden ausgeladen und *mir all mit Bohei hingen erinn* (wir alle mit Bohei hinten rein) in den leeren Paket-Laderaum. Der Kollege die Klappe hinten zu gemacht. Peng! Und wir saßen alle im Dunkeln. Da hat man gar nichts mehr gesehen, so stockdunkel war es da drin. Oben im Auto-Dach waren nur so Schlitze für die Belüftung. Damit wir auch Luft kriegten da innen drin. Und der Kollege, rubbeldiekatz, ab nach Deutz mit der *Rappelskiss*! (Rappelskiste) Wie wird da gestanden oder gesessen haben, das weiß ich auch nicht mehr. Der Kumpel ist im Affenzahn gefahren und wir mit Gejohle im Dunklen hin und her geflogen. Vor der Deutzer Brücke hielt das Postauto dann an, der Kollege flitzte raus, hat hinten eilig die Türen aufgemacht und dann sprangen wir alle Mann raus, wie die wilde Meute. Und ab ins Gewühl, über die Brücke auf die andere Rheinseite, wo der Zug schon im Gange war.

Da war natürlich alles voll und wir standen hintere Reihe bei der Malzmühle auf dem Alter Markt. Wir konnten fast nichts vom Zug sehen, vorne war alles zu und keiner ließ uns vor. Aber einer von unseren Begleitern, der Berti Westfeld, sagte: *„Dohinge jiddet Appelsinekiss. Do stonn och at Lück drup! Dat künnte mir doch uch joot maache."* (Dahinten stehen Apfelsinenkisten. Da stehen schon Leute drauf! Das könnten wir doch auch gut machen.)

Überall standen da Apfelsinenkisten rum! Einer hat die für eine Mark das Stück verkauft und den großen Reibach damit gemacht. Eine Mark war viel Geld, aber wir wollten ja was sehen. Der Berti hatte auch im Nullkommanichts die Kisten alle organisiert und angeschleppt.

Wir waren ja alle nicht so schwer und da konnten wir gut auf den Apfelsinenkisten stehen. Wir Mädchen standen vorne und die Jungs hinter uns. Da konnten wir alle einigermaßen gut sehen. Einer war dabei, der hieß Christian und das war ein richtiger Clown. Der stand auch auf den Kisten und der rief dann immer:

„Pitter, Jupp, Hans, Kamelle! Kamelle!"

Und dann flogen die Kamellen, denn viele auf den Wägen hießen ja auch Pitter, Jupp oder Hans und haben dann geworfen. Da haben wir natürlich von profitiert.

Früher wurden nur Kamelle und Strüßcher geworfen. Was anderes, wie etwa Pralinen, Mandarinen oder Tempotaschentücher, gab es damals gar nicht! Aber wir haben uns noch nach den Kamellen gebückt. Es gab ja nicht soviel Süßes im Überfluss wie heute!

Jedenfalls, wir standen alle auf den Kisten und konnten prima sehen außer Berti Westfeld. Berti war schon immer etwas korpulenter als wir, schon in jungen Jahren und auch heute noch, und die Apfelsinenkisten schienen ihm zu wacklig. Aber egal, weil er nichts sehen konnte, hat er es dann doch gewagt und stellte sich auf eine Kiste! Es knackte bedenklich! Dann ein Schrei!

Un die janze Appelsinekiss – krawum – injekrach bis zom Bodde. Do looch dä Berti op dä Ääd un die Kiss wor kappott! (Und die ganze Apfelsinenkiste ist – krawum – bis zum Boden durchgekracht. Da lag der Berti auf der Erde und die Kiste war kaputt.)

Aber das war ja alles nicht so pompös wie heute mit all den Musikchors und den Prunk- und Prachtwagen. Da gab es ja noch Pferdefuhrwerke im Zug, die die Wagen zogen. Da waren viele

Pferde und auch Reiterchors dabei. Doch die großen Wagen, Prinz, Bauer, Jungfrau, die gab es schon und es fuhren auch einige Motivwagen mit. Da gab's ja genug Themen, zum Beispiel: *Wir sind die Eingeborenen von Tritionesien oder die Pimmocken kommen.* Da war schon was los in der Richtung! Zimperlich waren die Leute damals allerdings nicht! Jedenfalls als wir das dann hinter uns gebracht hatten, war es so fünf, sechs Uhr abends.

„Jo, wo jommer jitz hin? Wat maache mer jitz?" (Ja, wo gehen wir jetzt hin? Was machen wir jetzt?)
In Köln zu bleiben, da war uns nicht nach. Da waren wir irgendwie zu schissich für. Wir waren das ja auch gar nicht gewöhnt. Da kommst du aus einem Dorf, ja, wann erlebst du dann sowas mal? Da hieß es dann:
„Mir fahre no Porz zum Buhr!" (Wir fahren nach Porz zum Buhr!)
Das war die Gaststätte Linden. Die hatten da zwei, drei Musiker, die machten live Musik und dann haben wir uns da noch amüsiert bis die letzte Bahn ging.
Natürlich haben wir die dann auch noch verpasst und dann fuhr keine Bahn mehr. Aber das war ja

129

kein Thema, wir hatten ja unsere Begleiter. Da gingen wir alle zu Fuß nach Zündorf immer die Hauptstraße lang. Da war überhaupt kein Verkehr mehr! Aber beim Schäfer im Hubertushof in Zündorf war immer noch was los. Da wurde in der Wirtschaft noch feste gefeiert! Sie hatten doch den großen Saal, wir dann auch noch da rein und da ging die Post ab! Jedenfalls sind wir erst sehr spät heimgegangen! Und schön war`s!

Am Veilchens-Dienstag lief noch ein Veedelszoch in Wahn, und am Aschermittwoch kriegten wir in der Kirche alle noch ein Aschekreuz auf die Stirn. Dann war für uns der Karneval vorbei.

Kindergarten-Praktikum

Und danach bin ich dann weitergegangen – auch in die Schmerenbeckschule. Zum Abschluss mussten wir dort alle ein Praktikum machen. Ich wollte das Praktikum im Kindergarten machen mit all den Kindern. Da habe ich dann Spaß dran gefunden. Das hat mir sehr gut gefallen. Daher ist mir der Gedanke gekommen, Sozialarbeiter zu lernen, also soziale Berufe und auch Kindergärtnerin. So bin ich dann eben Kindergärtnerin geworden.

Ich merkte, die Kindheit ist zu Ende. Es kommt ein neuer Lebensabschnitt auf mich zu! Ich trage jetzt Verantwortung! Für die Kinder und für mich. Dann bin ich neugierig und furchtlos diesen Weg gegangen.

Abb. 30 Meine Kindergartengruppe Karneval 1961 in Josefstraße

132

Abb. 31 Karneval 1961 in der Josefstraße mit zwei *Funkemariesche*

Abb. 32 Kindergartengruppe Karneval 1961 in der Josefstraße mit Nonne. Ich ganz links, damals noch mit weißer Schürze.

134

Nachwort

Jetzt, da ich achtzig Jahre alt bin, und viele, von denen ich erzählt habe, bereits tot sind, schaue ich zufrieden auf mein Leben zurück. Und ich danke meinem Herrgott, dass er für mich so ein wunderbares Leben geplant hat. Dass er mich nicht hat fallen lassen und immer die Hand über mich gehalten hat. Vor allen Dingen aber danke ich ihm, dass er mich mit einer großartigen Tochter und einer wunderschönen Enkeltochter so reich beschenkt hat!

Im August 2021

ANHANG

Christliche Feiertage
und ihre Erklärung

Alle Bilder und Texte: **Urheber** Erzbistum Köln / Heidebrecht

• Karfreitag •

Am Freitag unmittelbar vor Ostern gedenken Christen dem Leiden und Sterben Jesu am Kreuz, mit dem er freiwillig die Sünden der Welt auf sich genommen hat. Karfreitag ist einer der höchsten Feiertage für katholische und evangelische Christen. Der Name Karfreitag leitet sich vom althochdeutschen »chara« bzw. »kara« ab, was »Trauer« und »Wehklage« bedeutet. Der Karfreitag gehört zum »Triduum Sacrum« (Heilige drei Tagen). Die heiligen drei Tage beginnen mit der Feier des letzten Abendmahls an Gründonnerstag und erstrecken sich über Karfreitag und Karsamstag bis zur Vesper am Ostersonntag. Der Karfreitag ist außerdem der Höhepunkt der vorösterlichen Fastenzeit. In Deutschland ist der Karfreitag ein gesetzlicher und zugleich stiller Feiertag. Um den besonderen Charakter dieses Feiertages zu unterstreichen, sind an Karfreitag öffentliche Veranstaltungen wie Märkte und Unterhaltungsveranstaltungen verboten, es gilt zudem das Tanzverbot.
Ex-Bild-DB-ID: 28795 **Urheber** Erzbistum Köln / Heidebrecht

140

• Ostern

☐ Ostern ist vor Pfingsten und Weihnachten der höchste Feiertag der Katholischen Kirche. An Ostern feiern Christen die Auferstehung Jesu und seinen Sieg über den Tod. Ostern gehört zu den beweglichen Feiertagen und ist abhängig vom Frühlingsvollmond – infolgedessen verändert sich das Datum des alljährlichen Osterfestes, es findet jedoch immer im März oder April statt. Christen wie Nicht-Christen verbinden mit Ostern die Freude auf den Frühling, auf Licht und Wärme. Diese Freude wird durch die vorhergehende österliche Bußzeit, die mit dem Aschermittwoch beginnende 40-tägige Fastenzeit, verstärkt.

Bild-DB-ID: 28797 **Urheber** Erzbistum Köln / Heidebrecht

• Christi Himmelfahrt

• Die Rückkehr Jesu Christi zu seinem Vater Den Grund für Christi Himmelfahrt kennen nur die wenigsten. Jeweils genau 39 Tage nach dem Ostersonntag und damit immer an einem Donnerstag gedenken die Gläubigen der Rückkehr des Gottessohnes zu seinem Vater im Himmel. Dabei berufen sie sich neben dem Lukasevangelium auf das erste Kapitel der Apostelgeschichte im Neuen Testament. Dort steht geschrieben, dass Jesus nach seiner Auferstehung noch vierzig Tage zu seinen Jüngern gesprochen habe (Apostelgeschichte 1,3), dann sei er aufgehoben worden und eine Wolke nahm ihn auf vor ihren Augen weg.
(Apostelgeschichte 1,9).

Ex-Bild-DB-ID: 28799 **Urheber** Erzbistum Köln / Heidebrecht

142

☐ Pfingsten

☐ Pfingsten (von griechisch pentecost häméra, deutsch ‚fünfzigster Tag',
ist ein christliches Fest, an dem die Gläubigen die Sendung des Geistes
Gottes zu den Jüngern Jesu und seine bleibende Gegenwart in der Kirche
feiern. Ikonografisch wird Pfingsten auch Aussendung des heiligen Geistes oder auch Ausgießung des heiligen Geistes genannt. Der Pfingstsonn-
tag ist der 50. Tag der Osterzeit, also 49 Tage nach dem Ostersonntag,
und liegt zwischen dem 10. Mai (frühester Termin) und dem 13. Juni
(spätester Termin). In der Apostelgeschichte (2,1-41) des Neuen Testa-
mentes wird erzählt, dass der Heilige Geist auf die Apostel und Jünger
ausgegossen wurde, als sie sich zu eben jenem jüdischen Pfingstfest in
Jerusalem versammelt hatten. Das Datum wird in der christlichen Traditi-
on auch als Gründung der Kirche angenommen, so dass es als »Geburts-
tag der Kirche« gesehen werden kann. Erstmals fand Pfingsten als christliches Fest im Jahre 130 Erwähnung.

Ex-Bild-DB-ID: 28807 **Urheber** Erzbistum Köln / Heidebrecht

• Fronleichnam

• Infografik Das Fronleichnamsfest oder Fest des heiligsten Leibes und Blutes Christi (lateinisch Sollemnitas Sanctissimi Corporis et Sanguinis Christi[1]) ist ein Hochfest im Kirchenjahr der katholischen Kirche, mit dem die leibliche Gegenwart Jesu Christi im Sakrament der Eucharistie gefeiert wird. Die Bezeichnung Fronleichnam leitet sich von mittelhochdeutsch vrône lîcham für ‚des Herren Leib' ab, von vrôn ‚was den Herrn betrifft' (siehe auch Fron) und lîcham (‚der Leib'). In der Liturgie heißt das Fest Hochfest des Leibes und Blutes Christi,

Ex-Bild-DB-ID: 28796 **Urheber** Erzbistum Köln / Heidebrecht

144

• Peter und Paul

• Infografik zum Hochfest Peter und Paul, dem Festtag der beiden Apostelfürsten Petrus und Paulus am 29. Juni.

Urheber Erzbistum Köln / Heidebrecht

• Mariä Himmelfahrt

☐ Mariä Aufnahme in den Himmel (lateinisch Assumptio Beatae Mariae Virginis ‚Aufnahme der seligen Jungfrau Maria'), auch Mariä Himmelfahrt oder lateinisch Dormitio ‚Entschlafung', ist das Fest der leiblichen Aufnahme Mariens in den Himmel am 15. August, das von mehreren christlichen Konfessionen gefeiert wird und in manchen Staaten auch ein gesetzlicher Feiertag ist. Im Generalkalender der römisch-katholischen Kirche hat es den Rang eines Hochfestes. Das Hochfest Mariä Himmelfahrt wird auch u.a. Großer Frauentag genannt.

Ex-Bild-DB-ID: 28800 **Urheber** Erzbistum Köln / Heidebrecht

• Allerheiligen

• Allerheiligen (lateinisch Festum Omnium Sanctorum) ist ein christliches Fest, an dem aller Heiligen gedacht wird, der „verherrlichten Glieder der Kirche, die schon zur Vollendung gelangt sind",[1] der bekannten wie der unbekannten.[2] Das Fest wird in der Westkirche am 1. November begangen, in den orthodoxen Kirchen am ersten Sonntag nach Pfingsten Ex-

Bild-DB-ID: 28801 **Urheber** Erzbistum Köln / Heidebrecht

• Sankt Martin

• Martin von Tours, lateinisch Martinus (* um 316/317 in Savaria, römische Provinz Pannonia prima, heute Szombathely, Ungarn; † 8. November 397 in Candes bei Tours in Frankreich), war der Begründer des abendländischen Mönchtums und der dritte Bischof von Tours. Er ist einer der bekanntesten Heiligen der katholischen Kirche und der erste, dem sie diese Würde nicht als Märtyrer, sondern als Bekenner zugesprochen hat. Er wird auch in der orthodoxen, anglikanischen und evangelischen Kirche als Heiliger verehrt.

Ex-Bild-DB-ID: 28803 **Urheber** Erzbistum Köln / Heidebrecht

148

• 1. Advent

• Die Adventszeit in der vierwöchigen Form mit Bezug auf Weihnachten geht auf das 7. Jahrhundert zurück. Sie wurde tempus ante natale Domini („Zeit vor der Geburt des Herrn") oder tempus advent?s Domini („Zeit der Ankunft des Herrn") genannt. Der erste Advent Mit dem ersten Advent beginnt nicht nur die Vorbereitungszeit auf Weihnachten, sondern auch das neue Kirchenjahr. Der Eingangsgesang, genannt Introitus, beruht auf Psalm 25. Er lautet Ad te levavi animam meam – Zur dir erhebe ich meine Seele und bringt das Vertrauen und die Treue zu Gott zum Ausdruck.

Ex-Bild-DB-ID: 28802 **Urheber** Erzbistum Köln / Heidebrecht

• 2. Advent

• Der zweite Sonntag Das Warten und die Ankunft stehen im Zentrum des zweiten Adventssonntages. Im Evangelium wird Johannes der Täufer in den Fokus genommen. Matthäus, Mt 3, 1-12, vor dem Auftreten Jesu steht die Predigt des Johannes. Johannes sieht seine Aufgabe darin, die Menschen auf das Kommen des Messias vorzubereiten und zur Umkehr zu rufen –mit durchaus drastischen Worten.

Ex-Bild-DB-ID: 28806 **Urheber** Erzbistum Köln / Heidebrecht

• 3. Advent

- Vielen ist der 3. Adventssonntag auch unter dem Namen Gaudete (lateinisch Freut Euch!) bekannt. Dieser Adventssonntag sagt den Christen: Freut euch! Etwas Großes wird passieren. Jubelt, denn bald ist es so weit.

Ex-Bild-DB-ID: 28804 **Urheber** Erzbistum Köln / Heidebrecht

• 4. Advent

• Rorate caeli desuper, et nubes pluant iustum: aperiatur terra, et germinet Salvatorem.– Tauet, ihr Himmel, von oben, ihr Wolken regnet den Gerechten: Es öffne sich die Erde und sprosse den Heiland hervor. Mit diesen bezeichnenden und eindringlichen Worten beginnt der letzte Sonntag vor Heiligabend und Weihnachten. Die Zeit, dass der Heiland kommt, ist fast da. Rorate-Messen im Advent Diese besonderen Gottesdienste werden in der Adventszeit sehr früh morgens und meist nur bei Kerzenschein gefeiert.

Ex-Bild-DB-ID: 28805 **Urheber** Erzbistum Köln / Heidebrecht

Urheber Erzbistum Köln/Jonas Heidebrecht"

• Weihnachten

153

Infografik

- **Auflösung** 300 DPI
- **Quelle**
HA Medien & Kommunikation
- **Datei Typ**
Grafik
- **Urheber** Erzbistum Köln / Heidebrecht
- **Nutzungsrecht**
Frei mit Namensnennung
- **Freigegeben für Print**
Webseiten
Soziale Medien
- **Hauptthema**
- **Glaube u. Spiritualität**
Kirchenjahr
- **Unterthema**

Weihnachten

- **Extension**

12 x 19   Times R 9

Über dieses Buch:

Margarete und ich lernten uns durch unsere Töchter kennen, die von der Einschulung bis zum Abitur *„Beste Freundinnen"* waren und immer noch sind. Doch den eigentlichen Anstoß zu diesem, Buch gaben unsere beiden Enkeltöchter, die staunend überlegten, wie wir ohne Computer, Tablett, Fernsehen oder Handy das vorige Jahrhundert überlebt hatten. Hier ist der Versuch zur Erklärung, aufgelockert durch original Zündorfer Platt, in das Margarete bei ihrer lebendigen Erzählweise immer wieder verfällt.

Wir als Kinder brauchten keine Uhr, denn wir wussten:
„Wenn et lück, dann musste hehmjonn!"
(Wenn die Abendglocke läutet, musst du heimgehen.)
„Häddet ad jelück?" „ Nä, et hädd noch nit jelück!"
(Hat es schon geläutet? Nein, es hat noch nicht geläutet!)

Wer Lust hat auf echt Zündorfer Dialekt, dem sei dieses kleine Buch ans Herz gelegt. Margarete muss nicht lang überlegen! So wie sie spricht, das ist reinstes Platt vom Feinsten! Welch eine kostbare Seltenheit heutzutage und welch eine Freude für mich zuzuhören!

Ika von Stolp

Der Zündorfer Dialekt ist nach Gehör geschrieben und von Margarete gegengelesen und abgenickt.